W0348201

HARLEQUIN VOUS PREND LA MAIN!

Chaque mois, en allant faire votre provision de romans HARLEQUIN et SERIE CLUB, vous faites en même temps, pour quatre ou cinq longues semaines, votre provision de rêves.

HARLEQUIN vous prend par la main et vous entraîne autour du monde, du Canada aux Iles de la Sonde, de la Grèce à l'Amazonie, de l'Afrique du Sud à la Suède.

Le magique regard d'HARLEQUIN vous aide à découvrir les secrets de l'amour, cet amour véritable qui défie tous les dangers, triomphe de tous les obstacles.

La tendre voix de votre ami HARLEQUIN vous conte de belles histoires qui teintent de bleu le ciel gris, vous aident à oublier soucis et chagrins, vous transportent dans un monde nouveau.

HARLEQUIN VOUS PREND PAR LA MAIN
Faites-lui confiance!

HARLEQUIN
Tout un monde d'évasion

L'orage andalou

Anne Mather

HARLEQUIN S.A.
48, avenue Victor-Hugo. Paris XVIe

Cet ouvrage a été publié en langue anglaise sous le titre :

THE JAPANESE SCREEN

ISBN 2-86259-128-9
ISSN 0182-3531

1

Fernando se serait volontiers abstenu de venir à cette soirée. Après les journées de travail fiévreuses qu'il venait de vivre, il aurait eu besoin d'un tout autre genre de distraction. Mais les Castana étaient des amis de sa famille, et il aurait certainement vexé Lucie en refusant son invitation. Toujours est-il qu'après plus d'une heure de bavardages insipides, de plaisanteries oiseuses et de va-et-vient dans le salon enfumé, il avait une envie folle de s'en aller. Il était fatigué, de mauvaise humeur et de plus en plus énervé par l'attitude de Lucie, qui avait manifestement envie de flirter avec lui. Mariée, et mère de famille, elle aurait provoqué, en Espagne, bien des froncements de sourcils. Mais, apparemment, Lucie s'estimait bien loin des principes stricts de son pays et elle profitait de l'absence momentanée de son mari pour adopter les mœurs beaucoup plus libres de la société londonienne.

Fernando regarda la foule des invités en se demandant quelle excuse il pourrait bien donner pour se retirer de si bonne heure. Il y avait une majorité d'Espagnols, comme lui, mais aussi un bon nombre d'Anglais et d'Américains, amis des Castana. Le buffet était bien garni, les boissons excellentes et les haut-parleurs diffusaient une musique de variété de très bonne qualité. Il y avait tout ce qu'il fallait pour que la soirée fût réussie, mais Fernando en avait vraiment assez et il était impatient de regagner son hôtel.

— Fernando ?

Lucie lui offrait une fois de plus un cocktail, qu'il refusa poliment. Il allait prendre congé quand un incident imprévu l'en empêcha. Un petit garçon déboucha en courant dans la pièce et se mit à chercher désespérément un visage familier. Dès qu'il vit Lucie, il se précipita vers elle et s'accrocha en pleurant à sa robe. Il était seulement vêtu d'un pantalon de pyjama ; comme ses mains étaient visiblement mouillées et probablement collantes, Lucie essaya de le repousser. Il pleura de plus belle, tandis que les invités l'observaient d'un air amusé.

Une jeune fille fit irruption sur les traces de l'enfant. Elle s'arrêta net après avoir franchi la porte, et Fernando la vit hésiter. Puis, après un léger haussement d'épaules, elle alla droit vers l'enfant et sa mère. Elle était visiblement gênée de porter une longue blouse de nylon, au milieu d'une assistance très habillée, et Fernando eut pour elle un élan de sympathie. Les femmes, jeunes ou âgées, ne l'intéressaient pas particulièrement, mais cette jeune fille élancée, d'une taille au-dessus de la moyenne, avec ses cils noirs et son abondante chevelure blond cendré, mal retenue par un lien, éveillait son intérêt.

— Voyons, Eduardo ! dit Lucie en anglais. Tu sais très bien qu'il ne faut pas me déranger quand il y a du monde !

Elle se tourna vers la jeune fille.

— *Señorita* King ! Que signifie tout ceci ?

La jeune fille rougit légèrement, mais elle saisit énergiquement la main de l'enfant avant de répliquer :

— Je suis désolée, *señora.* Eduardo n'allait pas très bien et il voulait à tout prix vous voir. Je lui ai dit que vous ne vouliez pas être dérangée, mais il m'a échappé.

Lucie, malgré la présence de ses invités, se laissa emporter par son tempérament latin. Elle s'écria d'un ton irrité :

— Qu'est-ce que ça veut dire, « il m'a échappé » ?

Que faisiez-vous donc, *señorita* ? Seriez-vous incapable de maîtriser un petit garçon ?

La jeune fille ne se démonta pas, et Fernando ne put s'empêcher de l'admirer.

— J'étais dans la salle de bains avec Eduardo et j'essayais de le laver. Il s'est glissé par la porte quand j'avais le dos tourné. Je l'ai suivi aussi vite que...

— Epargnez-moi ces petits détails, dit Lucie, agacée. Vous savez fort bien qu'en l'absence de son père, Eduardo a tendance à être nerveux.

La jeune fille répondit tranquillement, d'une voix nette :

— Ce qui explique l'état où se trouve Eduardo, *señora,* ce sont plutôt tous les bonbons qu'il a mangés cet après-midi...

Les mains de Lucie se crispèrent l'une sur l'autre.

— Cela suffit, *señorita,* coupa-t-elle sèchement. Je ne veux pas discuter avec une insolente !

— Lucie, calmez-vous ! intervint Fernando en espagnol. Il n'y a pas de quoi faire un drame !

Il jeta un coup d'œil à la jeune fille. Elle soutint son regard. Il remarqua qu'elle n'avait pas l'air d'approuver son intervention. Malgré cela, il poursuivit :

— Vous n'avez rien à reprocher à la *Señorita* King. Eduardo est jeune et impulsif. Il ne se sentait pas bien et avait besoin de votre affection.

— Oui, répondit Lucie avec une certaine tendresse dans les yeux. Vous avez raison, Fernando.

Elle reprit, en anglais :

— Vous pouvez vous retirer avec Eduardo, *Señorita* King. Nous règlerons cette affaire demain matin.

L'enfant essaya de dégager sa main de celle de la jeune fille et regarda sa mère, puis Fernando, d'un air suppliant.

— Je veux rester, maman ! gémit-il.

Fernando vint s'accroupir en souriant près du petit garçon.

— Maman est très occupée, Eduardo. Demain, elle aura le temps de s'occuper de toi.

— Demain, elle sera fatiguée, répondit l'enfant au bord des larmes, et papa n'est pas là...

Fernando fut bouleversé par sa détresse.

— J'ai une idée ! dit-il doucement. Veux-tu que je vienne te chercher demain ? Nous pourrions aller au parc, ou au zoo.

Le visage de l'enfant s'éclaira.

— Je ne suis jamais allé au zoo ! s'écria-t-il.

Fernando leva la tête vers la jeune fille.

— Nous irons donc au zoo. A dix heures, demain matin, est-ce possible ?

— Je pense que oui, dit-elle en interrogeant Lucie du regard.

— C'est très gentil de votre part, Fernando, fit remarquer Lucie, tandis qu'il se relevait. Eduardo a certainement besoin qu'un homme s'occupe de lui.

Elle lui sourit, et Fernando fit semblant de ne pas voir que ses yeux disaient : « J'en suis là, moi aussi ! »

Le lendemain matin, Fernando regretta le mouvement impulsif qui l'avait porté au secours de cette « *Señorita* King » qu'il ne connaissait pas et d'un petit bonhomme de sept ans. Lucie allait s'imaginer qu'il avait envie de la revoir, ce qui était loin d'être le cas. Après avoir pris son petit déjeuner dans la suite qu'il occupait à l'hôtel Savoy, il eut envie de téléphoner qu'il ne viendrait pas. Mais il fut incapable de se conduire aussi égoïstement. Il passa son complet de gabardine bleu marine, serra la ceinture de la veste, et, sans plus réfléchir, prit un taxi pour Lorrimer Terrace, le quartier résidentiel où vivaient les Castana.

— Madame vous fait dire qu'elle serait heureuse de déjeuner avec vous à votre retour...

La jeune bonne qui lui parlait avait l'air de le trouver très séduisant. Il n'avait pas cette peau boucanée qui lui déplaisait tant chez son maître. Il était très grand, sans être dégingandé. Ses cheveux étaient sombres, mais pas tout à fait noirs, et ses vêtements, très ajustés, accusaient la puissance de ses longues jambes et la musculature de sa large poitrine.

— Vous direz à la *Señora* Castana, après mon départ, qu'il m'est impossible d'accepter son invitation, déclara-t-il tranquillement. Je pense qu'Eduardo et moi déjeunerons en ville.

Il entendit un bruit de pas et vit apparaître dans le hall le jeune Eduardo, suivi de la jeune femme qu'il connaissait sous le nom de « *Señorita* King ».

— Bonjour Eduardo. Bonjour Miss King, dit-il en s'inclinant.

— On y va ? s'écria l'enfant en faisant un petit bond à pieds joints. Je vous attends depuis des heures !

Fernando sourit et tourna son attention vers la jeune femme. Avec sa jupe grise très stricte, son chemisier blanc et sa large ceinture noire, elle avait l'air d'être en uniforme. Ses cheveux nattés, rassemblés sur le dessus de sa tête, complétaient cette impression. Elle était mince, sans être maigre, et il pouvait voir la rondeur de ses seins sous le tissu tendu du chemisier. Il regarda aussitôt ailleurs, en se rendant compte que ses sens étaient remués. Il n'avait pas l'habitude de détailler les femmes de cette façon et il était furieux contre lui-même. Cette fille n'était rien pour lui et, apparemment, elle n'avait pas l'air d'apprécier qu'il la trouvât à son goût. Soudain, il entendit une voix qu'il ne connaissait que trop bien.

— Fernando ! Quelle chance ! Vous êtes encore là !

Lucie était en haut des marches, drapée dans un déshabillé ultra-léger. Miss King sembla gênée et elle se serait éloignée si Fernando n'avait pas eu une réaction qui le surprit lui-même. Il leva la tête vers Lucie et dit tout bas :

— Allez chercher votre manteau, Miss King. Vous venez avec nous !

Elle le regarda avec des yeux ronds, comme s'il était devenu fou.

— Attendez-moi quelques minutes, reprit Lucie. Je vous accompagne... C'est-à-dire, ajouta-t-elle avec une moue aguichante, si vous n'y voyez pas d'inconvénient.

Fernando se campa au pied de l'escalier, les mains enfoncées dans les poches de sa veste.

— Ce genre de promenade n'est pas tellement votre genre, ne croyez-vous pas, Lucie ? Savez-vous que Miss King vient avec nous ? N'est-ce pas, *señorita ?*

— Miss King ! s'écria Lucie en fronçant les sourcils.

Fernando regarda la jeune fille. Il vit sur son visage un mélange d'indignation et d'impuissance. C'était la minute de vérité. Elle pouvait répondre négativement. A son grand soulagement, elle inclina la tête et dit d'une voix étouffée :

— Oui, bien sûr, *señor.*

Lucie semblait aussi furieuse que la veille au soir. Elle réussit cependant à se maîtriser.

— Dans ce cas...

Elle prit une profonde inspiration et enchaîna :

— J'attendrai donc votre retour avec impatience. La bonne vous a sans doute dit que je comptais sur vous pour le déjeuner ?

— Oui, dit Fernando en soupirant. Mais c'est impossible.

— Pourquoi donc ?

— Le zoo est immense. Je ne pense pas être de retour avant quatre heures.

Lucie, d'un geste rageur, serra contre elle son déshabillé, sans se soucier de sa transparence.

— Très bien. Alors, nous dînerons ensemble. A ce soir !

— A bientôt, répondit Fernando sans s'engager.

Miss King enfila un manteau gris, et ils montèrent tous les trois dans le taxi qui attendait devant la porte. Quand le petit Eduardo, le nez collé à la vitre, fut absorbé par le spectacle de la rue, elle dit :

— J'ose espérer, *señor,* que vous éviterez à l'avenir de me placer dans une situation aussi fausse. Votre invitation ne concernait qu'Eduardo. Vous le savez très bien !

Fernando se laissa aller sur la banquette, et, à demi tourné vers la jeune fille, la regarda attentivement. Elle était en colère, et sa voix sourde avait une intonation rauque qu'il trouva agréable. Il se sentait troublé par sa féminité, que son uniforme ne parvenait pas à dissimuler.

— D'accord, dit-il enfin. C'est bien ce qui était convenu hier soir. Mais j'ai pensé qu'une sortie ne vous déplairait pas...

— Je ne vous crois pas !

— Vraiment ? Ne trouvez-vous pas cette remarque plutôt insolente ?

— Je ne suis pas aveugle, *señor.* Ni imbécile !

— Je n'en doute pas !

— Je sais très bien que ce n'est pas la vraie raison qui vous a poussé à me demander de vous accompagner. J'aimerais que vous ne vous serviez plus jamais de moi pour vous extirper d'une situation devenue trop brûlante !

Il se mordit la lèvre pour retenir l'injure qu'il allait lui lancer. Pour la première fois de sa vie, il avait eu envie de gifler une femme. Personne, jusque-là, n'aurait osé lui parler sur ce ton ! Il était d'autant plus furieux qu'il sentait qu'elle disait vrai.

— Je pourrais à l'instant, le savez-vous, vous laisser sur le trottoir, faire demi-tour, et demander à la *Señora* Castana de vous mettre à la porte ?

— Libre à vous, dit-elle en haussant les épaules.

— Ça vous est égal ?

— Mon Dieu... dit-elle après une brève hésitation. Je n'aimerais pas perdre ma place pour incompétence. Mais, dans de telles circonstances, ce serait autre chose, n'est-ce pas ?

Jamais Fernando n'avait rencontré une femme pareille. Sa colère disparut aussi vite qu'elle lui était venue. Il se retrouvait dans une position désagréable : il avait envie d'expliquer sa conduite.

— Je ne vois pas pourquoi je devrais me justifier à vos yeux, dit-il. J'avouerai quand même qu'il y a sans doute du vrai dans vos paroles. Oui, je vous ai invitée pour éviter — il fit un signe vers Eduardo — une certaine personne. Mais je vous assure que la situation n'a rien de *brûlant*... pour moi !

Il eut l'impression qu'elle réprimait un sourire.

— Vous vous moquez de moi ?

— Pas du tout. D'ailleurs, vous êtes libre de disposer de votre temps comme vous l'entendez... à condition que vous ne me mêliez pas à vos intrigues.

— *Madre mia !* Je m'en garderais bien ! Mais, si vous préférez ne pas nous accompagner, dites-le tout de suite. Je demanderai au chauffeur de vous ramener.

Elle le regarda, et il vit que ses yeux avaient une étrange nuance d'un violet profond, un violet de ciel d'Afrique au couchant. Il regretta son mouvement d'humeur.

— Je vous donne ma parole, dit-il, qu'entre la personne dont nous parlions tout à l'heure et moi, il n'y a que de l'amitié. Rien de plus.

— Si vous le dites...

Elle baissa les paupières pour cacher l'expression de ses yeux.

Fernando eut envie de la secouer. Faisait-elle exprès de le faire enrager ? Ou était-elle impressionnée par le déshabillé de Lucie au point de refuser de croire tout ce qu'il pouvait lui dire. Il ne comprenait même pas pourquoi il faisait tant d'efforts pour s'expliquer. Il baissa la tête, résigné.

— Fort bien, Miss King. Oublions ce mauvais départ et essayons de passer une journée agréable. Au fait, nous ne nous sommes même pas présentés. Fernando Cuevas, à votre service, *señorita*.

Elle hésita longtemps avant de se présenter à son tour. Il se demanda pourquoi. Son expérience des femmes lui avait appris qu'elles le considéraient automatiquement sous un jour favorable, sans qu'il eût à leur faire du charme. Avec cette jeune fille, c'était différent.

— Je m'appelle Susannah, dit-elle enfin. Susannah King.

Il répéta pensivement « Susannah ». C'était un prénom très féminin qui lui allait bien. Au même moment, Eduardo tourna le dos à la vitre, très excité.

— *Señorita !* s'écria-t-il. Regardez l'église. Est-ce que c'est Saint-Paul ? Vous m'avez promis de m'y emmener !

— Non, Eduardo, dit-elle en souriant. La cathédrale Saint-Paul est beaucoup, beaucoup plus grande.

— Je pourrais vous y accompagner tous les deux une autre fois, suggéra Fernando. Demain, par exemple.

Susannah King le regarda d'un air étrange. Peut-être pensait-elle qu'il venait de trouver un prétexte pour revenir chez les Castana ? Il se maudit de s'être fourré dans une situation aussi ambiguë.

— C'est gentil de votre part, dit la jeune fille. Mais Eduardo, demain, doit travailler.

— Est-ce vous qui lui donnez des cours ?

— Oui.

— Vous êtes donc sa gouvernante ?

— C'est exact.

— Je ne comprends pas. Hier soir, vous vous êtes comportée comme une nurse.

— La *Señora* Castana, dit-elle en soupirant, n'a pas de nurse pour Eduardo. A l'entendre, elle tient à s'en occuper elle-même. Mais quand elle ne le peut pas... c'est moi qui prends la relève.

Ils abandonnèrent le taxi à proximité du zoo et firent à pied le reste du chemin. C'était une matinée fraîche, mais très agréable, du début d'avril. Il y avait du printemps dans l'air, et le parc qu'ils traversèrent resplendissait de tulipes, de narcisses et de jonquilles. Fernando n'avait jamais été particulièrement attiré par les zoos. Il trouvait dégradant pour ces animaux sauvages d'être exposés au regard du public. Quand il en fit la remarque à Susannah King, il constata qu'elle avait des idées très précises sur la question.

— La plupart de ces bêtes, dit-elle, sont nées en captivité, elles ne se sentiraient pas plus à l'aise dans la nature que vous ne le seriez sur une île déserte, coupé de vos habitudes d'homme civilisé.

— Que pourriez-vous savoir de mes réactions ? dit-il

avec une trace d'ironie. Ce serait peut-être passionnant... à condition, bien sûr, d'être en agréable compagnie.

Il remarqua que les joues de Susannah se teintaient de rose. Il fut surpris de voir combien il était facile de la mettre dans l'embarras. Elle ne manquait pas d'aplomb, d'une certaine manière, mais pouvait être, par ailleurs, extrêmement vulnérable. Il jugea qu'il commençait à s'intéresser beaucoup trop à elle. Peut-être ne la reverrait-il jamais. Il devait quitter l'Angleterre à la fin de la semaine pour rentrer chez lui, en Espagne, là où se trouvait sa propre famille.

Après la visite du zoo, vers une heure, Susannah regarda Fernando d'un air interrogatif.

— Je pense, dit-elle, qu'Eduardo doit commencer à avoir faim et soif. Je propose que nous mangions un sandwich à la buvette du zoo.

— L'odeur des fauves nous couperait l'appétit, répondit Fernando. Non. Allons au restaurant, hors du zoo. Après quoi, nous irons voir autre chose.

— Oh oui ! s'écria Eduardo avec enthousiasme, en les regardant tous les deux.

Susannah eut un léger haussement d'épaules.

— Je ne sais que dire, *señor*... A vous de décider.

Fernando la prit par le coude.

— Très bien. Eduardo a faim. Si nous étions seuls, lui et moi, nous irions certainement dans un restaurant de mon choix. Votre présence ajoutera beaucoup d'agrément à ce programme.

Susannah dégagea son coude et s'écarta rapidement de Fernando. De nouveau, elle semblait gênée. Mais, avant son mouvement de retrait, il avait senti un léger frémissement parcourir son bras et, malgré lui, il en avait éprouvé une grande joie.

Ils allèrent dans un restaurant espagnol que fréquentait habituellement Fernando, dans une impasse, non loin d'Oxford Street. Susannah eut l'air d'apprécier la soupe à l'oignon, le poulet au riz safrané, la glace aux fruits et l'excellent rosé qui accompagnait le repas.

Quand vint le moment du café, Eduardo eut la permission d'aller voir le grand aquarium, plein de poissons exotiques, qui couvrait tout un mur. Fernando demanda à la jeune fille si elle ne voyait pas d'inconvénient à ce qu'il allumât un cigarillo.

Elle acquiesça de la tête. Elle semblait nerveuse, et, pour la mettre à l'aise, il lui parla de l'Espagne en général et de l'industrie vinicole, à laquelle sa famille se consacrait depuis plusieurs générations.

— Je ne sais pas grand-chose sur les vins, reconnut-elle. On en boit peu aux repas, en Angleterre, du moins dans la région d'où je viens.

— Et quelle est cette région ?

— Je suis née dans le nord, dans le comté de York. Après avoir terminé mes études, je suis descendue à Londres, pour travailler.

Fernando tira longuement sur son cigarillo et souffla la fumée au-dessus de la tête de la jeune fille, qui lui faisait face.

— Vos parents habitent toujours le Yorkshire ?

— Non, mes parents sont morts. En fait, je ne les ai pas connus. J'ai vécu dans un orphelinat, ou, comme on dit, dans un « home d'enfants », jusqu'à seize ans.

— Vous semblez en parler avec amertume...

— Oh, non ! Pas du tout. On a été très gentil avec moi, vraiment. Mais je trouve injuste que certaines femmes abandonnent leur enfant. Si j'en avais un, c'est quelque chose que je ne ferais certainement pas !

Elle rougit et s'empressa d'ajouter :

— Où est Eduardo ?

— Devant l'aquarium. Il a l'air très heureux. Mais continuez. Ce que vous me racontez m'intéresse beaucoup.

— Je n'ai rien d'autre à dire.

— Vous avez travaillé chez les Castana depuis votre arrivée à Londres ?

— Non, pas tout le temps. Je suis ici depuis quatre ans. J'étais d'abord dans une famille américaine.

Mais ils ont divorcé, et je n'ai pas voulu aller vivre aux Etats-Unis. Je suis chez les Castana depuis six mois.

Fernando hocha la tête. Il savait Lucie incapable de garder longtemps son personnel. Six mois, c'était déjà un long bail. Il secoua sa cigarette au-dessus du cendrier, et demanda :

— Vous n'avez pas envie de vous marier ? Pour avoir des enfants ? Vous semblez les aimer beaucoup.

Les joues de Susannah se colorèrent une fois de plus.

— Je ne me marierai certainement pas par principe, si c'est ce que vous voulez dire ! Je pense qu'il serait temps de partir.

Fernando s'en voulut de l'avoir remise sur la défensive. Il aurait aimé en savoir beaucoup plus long sur elle. Et c'était chez lui une réaction inhabituelle. Les femmes lui apparaissaient comme des créatures insipides et transparentes, qui ne pensaient qu'à une chose : se trouver un homme et mettre le grappin sur lui.

Quand ils furent sortis du restaurant, Eduardo proposa mille et une façons de passer l'après-midi, mais Susannah n'était pas d'humeur à l'écouter.

— Il est trois heures, dit-elle. Nous avons déjà beaucoup abusé du temps du *señor* Cuevas.

Fernando jeta nerveusement son cigarillo. Il avait envie de retenir la jeune fille et, à voir la tête que faisait Eduardo, déçu de devoir déjà rentrer, il était certain d'avoir en lui un allié solide. Mais quelque chose l'avertissait qu'il était déjà allé très loin.

— Miss King a raison, Eduardo. Il faut rentrer à la maison. Tu pourras raconter à ta maman tout ce que tu as vu.

— Vous avez dit qu'on irait ailleurs ! dit l'enfant d'un ton de reproche.

— C'est ce que nous ferons un autre jour... si Miss King veut bien sauter quelques leçons.

— Je vous remercie de nous avoir escortés, fit Susannah avec un petit sourire ; et de cet excellent repas.

— *No tanto.* Il n'y a pas de quoi, répondit Fernando d'une voix froide.

Il était irrité de n'avoir pas pris l'initiative de la séparation.

— Naturellement, ajouta-t-il, je vais vous raccompagner.

Susannah le regarda d'un air étonné.

— Ce n'est pas indispensable. C'est-à-dire... vous êtes libre de venir avec nous si vous le désirez.

— Tout au moins jusqu'à la porte, dit-il ironiquement.

Il fut content de voir qu'il l'avait, une fois de plus, déconcertée.

Devant la maison des Castana, à Lorrimer Terrace, Eduardo bondit hors du taxi, impatient de raconter sa journée à tout le monde. Fernando retint Susannah par le bras.

— Un moment, *señorita,* dit-il à voix basse, tout en étant conscient de l'inquiétude et du trouble exprimés par les yeux de la jeune fille.

— Oui, *señor?*

Sa voix était froide, alors que Fernando sentait bouillir son sang dans ses propres veines. Il prit profondément sa respiration.

— Miss King, j'aimerais que vous acceptiez de dîner avec moi demain soir.

Elle baissa les yeux et dit que c'était impossible, tout en regardant la longue main brune qui étreignait sa manche grise. Il eut une bouffée de colère.

— *Por Dios!* Pourquoi refusez-vous? Vous n'avez donc pas confiance en moi? Je vous jure que mes intentions sont tout à fait innocentes. J'aime parler avec vous, un point c'est tout.

Susannah essaya en vain de se dégager, tout en cherchant Eduardo du regard.

— Je dois vous quitter, *señor.* Eduardo va dire à sa mère que nous sommes là. Elle n'aimerait certainement pas me trouver ici avec vous, n'est-ce pas?

Un sourire ironique effleura les lèvres de Fernando.

— Peu m'importe que Lucie me trouve ou ne me trouve pas avec vous. Alors, vous dînez avec moi demain soir, *si* ?

Il martelait les mots et il se rendit compte que sa voix s'était faite suppliante, véhémente. Etait-il tellement important qu'elle acceptât son invitation ?

Elle le regarda d'un air angoissé et fit un petit geste d'impuissance.

— Je ne sais pas...

— A huit heures, insista-t-il, en profitant de son hésitation. Vous irez à pied jusqu'au coin de Lorrimer Terrace, où je vous attendrai.

— *Señor...*

Elle s'interrompit brusquement. Lucie venait d'apparaître à la porte de sa maison et regardait le taxi avec impatience. Fernando lâcha le bras de Susannah.

— Bon, dit-il, voilà votre patronne. Allons la saluer !

En sortant du taxi, Susannah faillit se tordre la cheville sur le bord du trottoir. Lucie fit comme si elle n'existait pas. Elle regardait intensément Fernando. Il demanda au chauffeur de patienter et descendit à son tour de voiture.

— Je ne vous attendais pas si tôt ! s'écria Lucie en faisant signe à Susannah de rentrer dans la maison. C'est parfait. Nous allons prendre le thé ensemble.

— *Gracias, no,* dit Fernando en revenant à sa langue maternelle. Je ne peux pas rester. J'ai rendez-vous à cinq heures avec un importateur.

— Vous ne m'avez pas dit cela ce matin. J'ai annulé un rendez-vous pour pouvoir vous accueillir à votre retour.

— Je suis navré.

Avant qu'elle n'ait eu le temps de renouveler son invitation pour le dîner, Fernando lui lança un bref « *adios* » et remonta dans le taxi. Tandis que la voiture s'éloignait, il vit le visage de Lucie : il exprimait un mélange de dépit et de rage. Il fit une prière pour qu'elle ne décidât pas de passer sa colère sur Susannah King.

2

Susannah était en train de surveiller le thé d'Eduardo, quand la *Señora* Castana entra dans la nursery. La jeune gouvernante vit tout de suite que Lucie était dans une belle rage et espéra qu'elle ne ferait pas une scène devant l'enfant.

— En quel honneur, *señorita,* vous êtes-vous absentée toute la journée sans mon autorisation ? demanda Lucie d'une voix furieuse.

C'était parti. Eduardo, occupé à manger son œuf à la coque, leva le nez, étonné.

— Don Fernando a demandé à la *Señorita* King de venir avec nous, dit-il de sa petite voix de fausset.

— Toi, mêle-toi de ce qui te regarde ! s'écria sa mère. Eh bien ! *señorita,* je vous écoute !

— Quand Eduardo est absent, je n'ai pas de travail dans la maison, dit Susannah en pesant ses mots. Je ne vois pas pourquoi je ne serais pas sortie avec lui... et le *Señor* Fernando.

— C'est exact, vous êtes ici pour vous occuper d'Eduardo, mais je suis en droit d'attendre de vous une certaine considération. Je n'admets pas que vous vous fassiez inviter pour une promenade...

— Cela ne s'est pas passé de cette façon !

— Je vous interdis de me couper la parole, *señorita !* Je ne vous savais pas à ce point en mal de compagnie masculine. Evidemment, quand mon mari n'est pas là, son appui vous manque...

— Comment osez-vous ? Susannah tremblait de colère. Que voulez-vous insinuer, *señora ?*

Lucie commença de regretter de s'être laissée emporter par ses propres sentiments de jalousie et de frustration. En dix-huit mois, depuis son arrivée en Angleterre, cinq gouvernantes s'étaient succédées. Toutes avaient donné leur démission au bout de trois mois. Seule Susannah avait accepté sans se plaindre le lourd travail qui lui était imposé. Lucie savait que son mari, Carlos, serait furieux, à son retour de voyage, s'il constatait que Miss King, elle aussi, avait donné ses huit jours.

— Je suis désolée, *señorita,* dit Lucie avec un petit geste d'excuse. Je n'insinue rien du tout.

Susannah fit un immense effort pour retrouver son calme, quand elle vit le visage inquiet d'Eduardo.

— Si vous n'avez aucune raison de vous plaindre de mon comportement...

— Bien sûr ! Ne vous ai-je pas dit que j'étais désolée ?

Lucie alla jusqu'à la porte, et se retourna pour ajouter :

— Allons, n'en parlons plus. Tout est oublié, *si ?*

Susannah haussa légèrement les épaules.

— Très bien, *señora,* convint-elle, sans enthousiasme.

Eduardo alla au lit vers sept heures. D'ordinaire, Susannah était libre de son temps dès qu'il était couché. Si les Castana sortaient, ce qui était fort rare, elle restait dans sa chambre, dans le cas où l'enfant aurait eu besoin d'elle.

Elle-même sortait peu. Elle allait de temps en temps au cinéma, au théâtre ou aux concerts avec une de ses amies du Yorkshire, mais n'avait pas d'habitudes régulières. Depuis son arrivée à Londres, elle n'avait eu aucun flirt suivi et elle n'était pas pressée de se marier. Son passé ne plaidait pas tellement en faveur de l'autre sexe. Elle ne pouvait pas oublier que son père avait abandonné sa mère enceinte. Ce drame avait été à l'origine de son envoi à l'orphelinat.

Ce soir-là, avant de s'endormir, elle voulut reprendre la lecture d'un livre qu'elle aimait beaucoup : l'histoire d'une famille de Cornouaille. Mais elle ne parvint pas à se concentrer sur des personnages imaginaires, alors que son esprit revenait sans cesse aux faits réels de la journée. Elle n'avait pas l'intention d'accepter l'invitation de Fernando pour le lendemain soir. Elle était gouvernante depuis assez longtemps pour savoir qu'une aventure avec un membre ou un ami de la famille risquait de lui apporter de graves ennuis.

Mais cela ne l'empêchait pas de penser à Fernando. Sans être vraiment beau, il était l'homme le plus séduisant qu'elle eût jamais rencontré. Ses yeux, légèrement enfoncés dans les orbites, sous leurs paupières lourdes, avaient un pouvoir magnétique troublant ; il avait un long visage intelligent, et ses cheveux souples n'avaient pas besoin de la brillantine qu'apprécient tant les Latins. Elle se demanda quel âge il pouvait avoir. Trente-cinq, quarante ans ? Elle ne pouvait dire. Elle devait s'avouer sincèrement qu'une aventure avec lui serait passionnante ; mais les expériences de ce genre exigent parfois un prix qu'elle n'était pas disposée à payer.

Le lendemain matin, une idée lui traversa la tête : elle allait demander à la *Señora* Castana le numéro de Fernando ; elle l'appellerait pour lui annoncer qu'elle ne serait pas au rendez-vous. Mais elle se dit ensuite qu'elle ferait mieux d'être discrète et de ne pas chercher des complications inutiles.

Dans l'après-midi, elle eut une autre idée : et si, ne la voyant pas, il venait sonner ici, à la maison ? Que ferait-elle ? Que dirait-il ? Quel scandale, de la part de la *Señora* Castana !

Elle coucha Eduardo à sept heures, comme d'habitude, et se retira dans sa chambre. Lucie lui avait dit qu'elle se mettrait au lit de bonne heure. Susannah était donc libre de sortir. Sa décision était prise : elle irait au rendez-vous, pour expliquer au *Señor* Cuevas qu'il lui était impossible de dîner avec lui.

Elle enfila un pantalon de velours rouge plutôt fatigué et un pull grège à côtes. Elle garda ses tresses attachées sur le dessus de sa tête. A huit heures moins cinq, elle jeta sur ses épaules la veste de laine assortie à son pull et sortit de la maison.

Elle alla à l'angle de Lorrimer Terrace, où ils s'étaient donné rendez-vous, et fut surprise de ne pas apercevoir la haute silhouette de Fernando. A huit heures dix, elle décida d'attendre encore cinq minutes. Il pouvait très bien être retardé par le trafic du centre de Londres. La fraîcheur du soir commençait à la pénétrer. Elle serra contre elle sa veste et elle allait partir quand son attention fut attirée par une Ford Granada qui vint se parquer à une trentaine de mètres d'elle.

Quelques secondes plus tard, Fernando était devant elle, si près qu'elle pouvait sentir le léger parfum de son after-shave.

— Bonsoir, Miss King ! dit-il joyeusement.

Il était habillé très simplement d'un costume de tweed et d'un pull léger à col roulé. Il regarda Susannah de la tête aux pieds, d'un air très satisfait.

— Bravo, dit-il. Je ne vous avais pas dit que nous n'allions pas dans un endroit super-chic. J'avais peur de vous trouver en robe du soir.

Susannah rassembla tout son courage.

— Non, non... dit-elle. Il y a un malentendu. Je ne suis pas venue pour aller dîner avec vous.

— *Basta !* Et pourquoi donc ? Vous êtes là, habillée d'une façon qui me plaît beaucoup. Où est le problème ?

Elle fit un pas en arrière.

— Je suis très flattée mais je n'accepte pas les invitations des amis de mes employeurs. C'est une chose que vous comprendrez certainement.

Fernando Cuevas la saisit par le haut du bras pour l'empêcher de s'éloigner davantage. Elle sentit qu'elle ne pourrait pas se dégager sans violence.

— La *Señora* Castana vous l'interdit-elle ? Se permet-elle de superviser vos relations ?

Susannah secoua la tête en regardant la main de fer qui serrait son bras. Puis elle leva les yeux, et Fernando lui sourit ; un de ces sourires qu'elle ne pouvait pas voir sans que son cœur se mît à battre à un rythme fou.

— Allons, venez, dit-il, en l'entraînant lentement vers l'auto. Je vous promets de ne pas vous compromettre. J'ai loué une voiture pour la circonstance. Je n'aimerais pas vous parler devant la nuque d'un chauffeur de taxi.

Susannah, malgré elle, se laissa faire. Elle se demanda si les doigts de Fernando, serrés sur son bras, pouvaient sentir ses pulsations. C'était possible...

— Où m'emmenez-vous ?

— Montez dans la voiture, je vous en prie. Vous verrez bien...

Il referma la portière derrière elle, fit le tour du capot, et vint s'asseoir au volant. Concentré sur la conduite de l'auto à travers le trafic, il ne dit pas un mot pendant la traversée du centre de la ville. Puis, quand il y eut moins de voitures, il se détendit sur son siège et demanda tranquillement :

— Quel âge avez-vous, Miss King ?

Susannah le regarda, interloquée.

— C'est une question plutôt indiscrète, ne trouvez-vous pas ?

— C'est bien mon impression... dit-il en la regardant en coin. Alors, votre âge ?

— Vingt-quatre ans. Et vous ?

— Oh, là, là ! Beaucoup plus que ça !

— Vous trichez ! Ce n'est pas une réponse.

Il fit une grimace.

— J'ai quarante ans, Miss King. Presque en âge d'être votre père, *si ?*

Elle inclina la tête, tandis que Fernando enchaînait :

— Si vous n'aviez pas été coiffée d'une façon aussi ridicule, je vous aurais donné moins de vingt ans.

Elle porta la main à ses cheveux.

— Ridicule, ma coiffure ? Qu'a-t-elle de ridicule ?

Il lui lança un sourire moqueur.

— On dirait une petite fille qui essaye d'avoir l'air d'une adulte.

— Je me passerais volontiers de vos réflexions personnelles, *señor !*

— D'accord, j'ai eu tort. Mais vous m'avez posé une question, et je vous ai répondu franchement.

Il ralentit derrière un camion qui traînassait.

— Etant donné notre différence d'âge, reprit-il, puis-je vous demander la permission de vous appeler Susannah ?

Elle crispa ses mains sur ses genoux.

— Tout me porte à croire que vous vous passeriez facilement de ma permission.

— Vous me tenez pour plus brutal que je ne suis !

— C'est vrai, pardonnez-moi, dit-elle en soupirant. Bien sûr, vous pouvez m'appeler Susannah.

— Alors, parlons d'autre chose. Aimez-vous le homard ?

— Le homard ! J'en ai mangé une fois dans ma vie, et ça m'a plu, oui.

— Parfait. Le restaurant où nous allons sert le homard le plus délicieux que j'aie jamais mangé. Il est accompagné d'une sauce mousseline citronnée. Ça fond sur la langue !

Elle se demanda si elle serait capable d'avaler une bouchée. La présence de Fernando la rendait nerveuse. Il existait entre eux une gêne qu'elle éprouvait comme quelque chose de tangible. Il n'y avait pourtant aucune raison pour qu'il en fût ainsi.

A sa grande surprise, elle se retrouva dans le restaurant d'un club de golf très sélect qui dominait la Tamise, près de Kingston. C'était un jour de semaine, un mercredi, et les dîneurs étaient habillés d'une façon assez décontractée ; mais avec son vieux pantalon de velours rouge et son pull, Susannah avait l'impression de faire tache.

Le homard tint les promesses de Fernando. Le vin

blanc aidant, la jeune fille perdit de sa réserve et parla avec entrain de son travail. Son compagnon l'écoutait attentivement, sans la quitter des yeux. Quand ils en furent au café, elle se rendit compte qu'elle n'en savait pas davantage sur lui. Il portait deux bagues : une grosse chevalière en argent et un large anneau en filigrane d'or ; mais l'annulaire de sa main gauche était nu. Cela, bien sûr, ne signifiait pas forcément qu'il était célibataire.

Ils quittèrent le restaurant vers dix heures. Il faisait plus frais que lorsqu'ils étaient sortis de Londres, deux heures plus tôt. Tandis qu'ils marchaient vers la Ford, Susannah frissonna.

— Vous avez froid ! Entrez vite, dit Fernando en ouvrant la portière.

Elle le regarda dans le rétroviseur pendant qu'il contournait la voiture par l'arrière. Il s'assit au volant, s'assura du confort de sa voisine et sortit doucement du parking en marche arrière.

Le retour fut deux fois plus rapide que l'aller. Fernando arrêta la voiture à deux pas de la porte des Castana. Susannah jeta un coup d'œil aux fenêtres, en se demandant si leur arrivée avait été remarquée. C'était improbable. La chambre de Lucie donnait sur le jardin, et personne ne devait s'inquiéter de l'arrêt d'une auto près de la maison.

Soudain, elle se rendit compte que Fernando ne faisait pas le moindre geste pour descendre de voiture.

— Merci beaucoup, dit-elle. J'ai passé une soirée très agréable.

Il eut un petit sourire et répondit, en tapotant le volant du bout des doigts :

— Eh bien, tant mieux. Moi aussi, d'ailleurs. Bonne nuit, susannah.

— Bonne nuit, *señor.*

Elle descendit de l'auto avec un vague sentiment de regret. Il se pencha pour fermer la porte derrière elle, fit un geste d'adieu d'une main désinvolte et démarra. Quand elle fut dans sa chambre, Susannah ressentit en elle un grand vide. Elle n'avait pourtant rien espéré de précis. Il ne lui avait pas demandé de la revoir, et cela aurait dû lui procurer un certain soulagement. Mais il n'en était rien. Au contraire, une sorte d'angoisse l'étreignait, et cette réaction la rendait furieuse contre elle-même.

Le lendemain, Susannah fut reprise par la routine de sa charge. Elle passa la matinée à faire travailler Eduardo, et, après le déjeuner, ils allèrent au parc. D'ordinaire, elle aimait jouer à lancer et rattraper une balle de cricket, mais, ce jour-là, elle ne parvenait pas à se détendre. Elle ne pouvait pas s'empêcher de penser que Fernando allait surgir d'un moment à l'autre. Et pourquoi aurait-il cherché à la revoir ? Le soir précédent, il l'avait quittée d'une façon abrupte, presque humiliante.

Elle rentra à l'heure du thé, profondément démoralisée. Le *Señor* Castana était revenu de voyage pendant leur absence. Eduardo se jeta dans les bras de son père, et Susannah le salua poliment. Puis elle se retira dans sa chambre, après avoir demandé à la jeune bonne de lui apporter son thé.

Le lendemain matin, Carlos Castana la convoqua dans son bureau. Sans doute voulait-il s'enquérir des progrès de son fils ; mais pourquoi n'était-il pas venu la voir, comme d'habitude, dans la pièce où elle donnait ses cours. Avec une légère appréhension, elle s'assit devant lui dans un fauteuil.

— Je tiens avant tout, Miss King, à vous dire combien nous sommes satisfaits du travail d'Eduardo, dit-il en souriant.

— Merci, *señor.*

Il secoua la tête.

— Non, c'est moi qui vous remercie, *señorita.* Vous vous êtes habituée à nous beaucoup plus facilement que je ne l'espérais. Comme vous le savez sans doute, ma femme, jusqu'à votre arrivée, a vu se succéder quelques gouvernantes...

Susannah était intriguée. Où donc voulait-il en venir ?

Il reprit, en choisissant soigneusement ses mots.

— Je reviens d'Espagne, où j'ai assisté à une conférence des directeurs. La société à laquelle j'appartiens envisage de s'étendre.

Il prit un cigare, dans la boîte posée sur son bureau, et l'alluma posément avant de reprendre :

— Un bureau va s'ouvrir à New York, et l'on m'a proposé de le diriger.

Susannah commençait à comprendre.

— Naturellement, poursuivit le *Señor* Castana, j'ai accepté cette promotion et j'en viens à la raison de votre présence ici même. Ma famille me suivra, et nous souhaitons vivement que vous soyez du voyage.

— Oui... Je vois...

Il se leva, et se pencha vers elle, les mains appuyées sur le bureau.

— Alors, vous venez ? demanda-t-il.

— Je ne sais pas, *señor*. Je dois réfléchir.

— C'est tout naturel. Vous aviez quitté vos précédents employeurs parce que vous ne vouliez pas les accompagner aux Etats-Unis. Je m'en souviens très bien. Puis-je espérer que vous changerez d'avis ?

— Sincèrement, je ne peux pas encore vous donner une réponse. S'il s'agissait de la France... ou de l'Espagne... Mais New York est si loin !

— Vous n'avez pas de famille en Angleterre et vous n'auriez aucun mal à vous faire des amis là-bas. Vous êtes extrêmement sympathique...

— Je suis flattée de l'opinion que vous avez de moi et de la confiance que vous me témoignez, dit-elle en rougissant. Mais, vraiment, je dois réfléchir...

Elle prit congé et se retrouva, désemparée, dans le couloir. Elle vit surgir la jeune bonne qui s'écria :

— Ah ! Vous voilà, Miss King. Je vous cherchais partout. On vous a apporté une lettre.

— Une lettre ? Pour moi ?

Elle s'efforça de garder son calme, et ajouta :

— Où... où est-elle ?

— Ici, miss, dit la bonne en sortant une enveloppe de la poche de son tablier. Vous savez de qui ça vient ?

Susannah prit le pli et le retourna entre ses doigts. Le papier était lourd, très beau, et l'enveloppe portait à son revers un monogramme en relief. C'était visiblement une écriture d'homme, nette, vigoureuse. Cette lettre ne pouvait venir que de *lui !*

— Merci ! lança-t-elle par-dessus l'épaule à la bonne en grimpant l'escalier quatre à quatre.

Elle vérifia rapidement qu'Eduardo était bien à son travail et courut se réfugier dans sa chambre. Assise sur le bord de son lit, elle déchira l'enveloppe. Un coup d'œil au bas de la lettre la rassura sur l'identité de son correspondant. Elle lut :

« Chère Susannah,

« Comme vous ne souhaitez pas que je vienne vous voir à domicile et comme, d'autre part, je ne puis vous téléphoner sans révéler mon identité, j'ai dû recourir à ce moyen pour vous joindre. J'aimerais beaucoup vous revoir. Je compte repartir pour l'Espagne dimanche prochain. J'espère donc que nous pourrons dîner ensemble, soit ce soir, soit demain soir. Je me rends compte que je vous prends de court. Peut-être avez-vous pris d'autres engagements... mais j'ai tellement hâte de vous revoir, Susannah ! J'attendrai avec impatience votre réponse. Vous pouvez m'atteindre à l'hôtel dont les références figurent dans l'en-tête de cette page.

« Sincèrement vôtre.

Fernando Cuevas »

Elle relut deux fois la lettre, envahie par un sentiment de bien-être hors de proportion avec les événements. Elle mit précieusement le message dans son sac et alla rejoindre Eduardo dans la salle de classe. Dès qu'elle le pourrait, elle s'assurerait que les Castana ne sortaient pas ce soir-là ; et, pendant sa promenade avec Eduardo, l'après-midi, elle téléphonerait à Fernando Cuevas.

Lucie Castana vint la voir un quart d'heure plus tard dans la salle de classe ; elle lui annonça d'emblée :

— *Señorita,* mon mari et moi dînons en ville ce soir.

Elle sembla ne pas remarquer le visage consterné de Susannah et reprit :

— Nous allons fêter son retour. Il vous a parlé, n'est-ce pas, de la haute fonction qui lui est confiée à New York ? Vous ne pouvez pas savoir combien je suis heureuse d'aller vivre dans cette ville passionnante. Nous aurons, paraît-il, une belle maison à proximité de la plage de Long Island. Je commençais à m'ennuyer à Londres, et...

Elle s'interrompit brusquement, consciente de la détresse de Susannah, et demanda :

— Qu'avez-vous donc, *señorita ?* Pourquoi avez-vous l'air si contrarié ?

Susannah essaya de se reprendre.

— Tout va bien, je vous assure, dit-elle. Ce soir, vous allez donc fêter...

— N'est-ce pas ce que je viens de vous apprendre ? Vous y voyez un inconvénient ? Vous n'allez tout de même pas prétendre que vous ne pouvez pas rester ici ce soir, *señorita !*

— Non. Non, bien sûr, *señora.*

Lucie prit un air méprisant.

— Si vous aviez un rendez-vous ce soir, *señorita,* reportez-le à demain.

— Très bien, *señora.*

Après lui avoir lancé un regard impatient, Lucie sortit de la pièce. Elle s'était certainement attendue à un certain enthousiasme de la part de Susannah, à propos de la promotion de son mari. Mais la jeune fille avait d'autres chats à fouetter. Pour le moment, elle était obsédée par l'idée de téléphoner à Fernando Cuevas, pour lui annoncer qu'elle dînerait avec lui le lendemain.

3

La standardiste de l'hôtel apprit à Susannah que le *Señor* Cuevas était sorti, mais qu'elle pouvait laisser un message. Ce qu'elle fit, en espérant qu'il atteindrait son destinataire. Elle aurait tellement préféré entendre la voix de Fernando ! Ce soir-là, avant de s'endormir, elle se reprocha amèrement de ne pas avoir habitué les Castana à admettre qu'elle se servît de leur téléphone pour ses communications personnelles.

Le samedi, Eduardo travaillait le matin avec sa gouvernante, comme d'habitude ; mais, si son père était libre, l'après-midi, il sortait avec ses parents. Cela donnait deux bonnes heures à Susannah pour faire ses courses ou pour s'occuper de ses affaires personnelles. Ce samedi-là, elle décida de se laver les cheveux. Epais et longs ils mettaient beaucoup de temps à sécher ; elle ne se servait pas d'un casque et les laissait pendre, mouillés, sur une serviette posée sur ses épaules. Fraîchement lavés, ils étaient doux et soyeux, et, ce soir-là, elle choisit de les laisser flotter librement.

Tandis qu'elle enfilait une robe de soie indienne bleu-violet, elle se rendit compte qu'elle n'avait pas de rendez-vous précis avec Fernando. Elle n'avait qu'une solution : aller à huit heures à l'extrémité de Lorrimer Terrace, comme la première fois. Elle se maquilla peu, se contentant d'une ombre sur les paupières et d'un brillant incolore sur les lèvres. Comme la soirée était fraîche, elle jeta une cape sur sa robe. A huit heures pile, elle fut peinée de constater que Fernando n'était pas à l'endroit prévu.

A huit heures et quart, elle se sentit glacée jusqu'aux os, et ce n'était pas dû seulement à l'air froid qui l'environnait. Où pouvait-il être ? Peut-être n'avait-il pas reçu son message. Peut-être était-il parti pour l'Espagne un jour plus tôt.

L'angoisse qui l'étreignit l'effraya un peu. Comment pouvait-elle perdre à ce point le contrôle d'elle-même ? Grand Dieu du ciel, elle n'était sortie qu'une seule fois avec cet Espagnol ! Et cette visite au zoo ne pouvait guère compter pour une invitation *personnelle* !

A huit heures vingt-cinq, elle abandonna tout espoir. Il ne viendrait pas, et elle n'avait pas le courage de téléphoner à son hôtel pour savoir ce qui se passait. La mort dans l'âme, elle se dirigea lentement vers la maison des Castana. Elle était à mi-chemin, quand une voix cria dans son dos :

— Susannah ! Susannah ! *Por dios* ! Un peu plus je vous manquais !

Elle se retourna en chancelant. Fernando bondit de la Ford métallisée, mal garée au bord du trottoir. Il courut vers Susannah. Elle resta immobile, incapable de manifester du plaisir, ni même cette brutale émotion qui lui coupait le souffle.

— Je suis désolé, désolé ! dit Fernando, d'une voix joyeuse. Le trafic de Londres est... comment dites-vous... *el diablo, si* ? Je suis resté bloqué dans un embouteillage pendant plus d'une demi-heure, et...

Il fut soudain frappé par son immobilité frissonnante.

— Mais qu'avez-vous donc, Susannah ? Qu'est-ce qui ne va pas ?

Elle avait les bras croisés sous sa cape, les épaules un peu fléchies. D'un doigt, il releva son menton et plongea son regard dans le sien.

— *Dios* ! Dans quel état vous êtes ! Je suis une vraie brute, non ? mais vous saviez que je viendrais, vous le saviez, dites ?

Elle dégagea son menton d'un petit coup de tête et eut un geste d'impatience.

— Comment pouvais-je le savoir ?

— Mais si, vous le saviez. Puisque je vous avais invitée !

Il la saisit par les épaules. Elle sentait la pression de chaque doigt, et même le contact presque douloureux d'une bague. Il la secoua doucement.

— Si vous saviez combien j'étais malheureux, assis dans cette voiture qui ne bougeait pas, et incapable de vous joindre.

Il était près d'elle. Trop près. Son corps n'était qu'à quelques centimètres du sien. Son souffle chaud caressait son front. Si elle n'avait pas eu les mains emprisonnées sous la cape, elle n'aurait pas pu s'empêcher de le toucher. Elle se contenta de regarder son visage. Ses beaux yeux sombres, avec leur frange de cils noirs, plantés dru, exprimaient de l'inquiétude et quelque chose d'autre ; quelque chose qui la laissa sans souffle. Elle se sentit une faiblesse inexplicable dans les jambes.

— *Sagrada Maria,* Susannah ! murmura-t-il d'une voix rauque. Ne me regardez pas avec ces yeux-là ! Ils vont m'obliger à commettre un acte que nous regretterions tous les deux !

Comme mû par une brusque décision, il la poussa vers la voiture. Elle y prit place et recroisa les bras sous la cape, les yeux fixés sur le pare-brise. Fernando démarra et garda le silence pendant quelques minutes. Quand il eut retrouvé son calme, il lui dit d'une voix froide :

— Je propose que nous dînions à mon hôtel. Il est trop tard pour sortir de Londres, n'est-ce pas ?

Susannah n'était jamais entrée au Savoy. Impressionnée par tout ce qu'elle voyait, elle se félicita d'avoir choisi une robe longue. Fernando la quitta dans le hall et alla s'entretenir à la réception avec un homme qui semblait important. Quand il fut de retour, il la prit par le coude et la conduisit vers l'ascenseur.

— J'ai pensé que nous pourrions dîner dans ma suite,

Susannah, expliqua-t-il tranquillement. Vous n'y voyez pas d'objection ?

Elle était sûre qu'en Espagne, il n'aurait jamais songé à faire à une femme une telle proposition. Elle ne savait comment exprimer son désaccord.

— Voyez-vous un inconvénient à ce que nous dînions au restaurant ? demanda-t-elle enfin.

— Pas du tout, répondit Fernando en s'arrêtant. Vous préférez ?

Susannah se mordit les lèvres. Elle se sentait malheureuse. Si elle avait pu s'exprimer franchement, elle aurait reconnu que ce n'était pas du tout cc qu'elle préférait. Mais que penserait-il d'elle, si elle acceptait sa première proposition ? Elle passa la langue sur ses lèvres et dit :

— Vous ne tenez peut-être pas... à être vu avec moi...

Jamais elle n'avait été témoin d'une telle rage. Il lui tourna brusquement le dos et revint à la réception, où il dit quelques mots à l'homme qu'elle prenait pour un directeur. Quand il revint vers elle, la dame du vestiaire était en train de lui enlever sa cape. Elle se savait habillée d'un façon très séduisante, mais le regard de Fernando, quand il la vit en robe, resta dur et froid.

L'heure qui suivit fut la pire de toutes celles que Susannah avait connues jusqu'alors. Elle ne put apprécier aucun des plats, pourtant délicieux. Fernando mangea du bout des dents, tout en buvant copieusement. Le repas terminé, elle se sentit énormément soulagée. Ils quittèrent le restaurant, et elle se dirigea vers le vestiaire en disant d'une petite voix :

— Si... si vous préférez ne pas me raccompagner, *señor,* je le comprendrai très bien.

— Allons prendre le café au bar, dit-il simplement.

Quand ils furent installés dans les fauteuils club, il y eut un long silence. Puis elle entendit Fernando pousser un profond soupir.

— Je suis navré, Susannah, commença-t-il. Je me suis

comporté comme un goujat pendant toute la soirée. Me pardonnerez-vous ?

— Tout est de ma faute...

Il l'interrompit.

— Non, de la mienne. Vous avez eu parfaitement raison de repousser ma proposition. Nous nous serions trouvés dans une situation délicate, que vous avez bien fait d'éviter. Encore une fois, je suis désolé.

Depuis leur arrivée au bar, Susannah avait l'impression qu'il parlait d'une voix contrainte. Elle le regardait avec étonnement. Il vida sa tasse et posa les mains sur les accoudoirs de cuir, déjà prêt à se lever.

— Finissez votre café. Je vais vous raccompagner. Je dois me lever de bonne heure, demain matin.

Ces derniers mots la glacèrent plus encore que ne l'avait fait l'attitude de Fernando pendant toute la soirée. Elle s'enfonça dans son fauteuil et regarda autour d'elle :

— Cet hôtel est vraiment splendide. Vous m'avez dit que vous aviez une suite. Qu'est-ce que c'est, exactement ?

Il lâcha les accoudoirs et alluma un cigarillo.

— Une suite comprend une chambre et au moins une autre pièce, dit-il brièvement.

— Votre suite a combien de pièces ?

Il resserra le nœud de sa cravate.

— Ça vous intéresse vraiment ? Eh bien, j'ai deux chambres, un salon et une salle de bains. Vous voilà satisfaite ?

— J'aimerais la voir... dit Susannah en regardant ses mains.

Il y eut un lourd silence, et, finalement, Fernando lui répondit en martelant les mots :

— Je ne trouve pas votre idée très bonne, Susannah.

— Vous avez l'air fâché. Pourquoi ?

Il se leva brusquement.

— Il est temps de partir. Allons, venez !

Tout au long du retour, il ne dit pas un mot. Il semblait avoir oublié le moment de regret qu'il avait eu en arrivant au bar. Susannah avait hâte d'en finir. Mais elle se sentait déchirée, toute meurtrie. Elle ne comprenait pas pourquoi cet homme, qu'elle connaissait à peine, avait pris à ses yeux une telle importance. Elle ne le reverrait sans doute jamais, et il serait bien content d'être débarrassé d'elle. Il la trouvait physiquement désirable, puisqu'il l'avait invitée à dîner dans l'intimité de sa suite. Mais elle avait vite cessé de l'intéresser. Brusquement, elle rougit en pensant que, pour finir, elle s'était littéralement offerte à lui.

Dès que la voiture fut arrêtée devant la maison des Castana, Susannah tendit la main vers la poignée de la portière.

— Attendez un moment, Susannah, je vous en prie.

Elle remit la main sous sa cape, heureuse de pouvoir cacher son tremblement. Son compagnon coupa le moteur et se tourna vers elle, le bras passé sur le dossier de son siège.

— Je ne peux pas vous laisser partir ainsi, dit-il d'une voix chaude. Je m'en vais demain... Que puis-je dire, que puis-je faire pour que vous me pardonniez ma goujaterie ? Pour vous montrer ma sincérité...

— Oh ! Je vous en supplie...

Elle se sentait au bord des larmes. Si elle se laissait aller, ce serait l'ultime humiliation. Elle réussit à dire encore :

— Je vous remercie... pour cette excellente soirée. Oh !

Elle fut secouée par un sanglot. Elle sentit les doigts de Fernando sur son cou, sous la masse de ses cheveux. Il dégrafa la cape, la fit glisser de ses épaules et se pencha vers elle.

Susannah ne fit pas un geste pour l'encourager ou le décourager. Elle était comme dans un rêve, mais elle avait conscience de la chaleur du corps de Fernando à travers sa chemise de soie, tout contre son bras ; de la pression de sa jambe sur la sienne ; de cette atmosphère chaude, intime, qui l'enveloppait. Elle se rendit compte, aussi, qu'elle tremblait.

— Susannah, murmura-t-il, regardez-moi, je vous en prie.

Elle le fit. La faible lumière d'un réverbère baignait le visage de Fernando, plus proche qu'elle ne le croyait. Elle voyait en gros plan ses yeux ardents, la courbe sensuelle de sa bouche. Il posa doucement la main sur sa joue et, du pouce, caressa ses lèvres, les ouvrit. Puis il baissa la tête et l'embrassa. Ce fut d'abord un effleurement, puis il fit glisser sa main sur sa gorge, et sa bouche se fit si pressante que Susannah dut renverser la tête sur le dossier de son fauteuil.

— Je vous désire, Susannah, murmura-t-il contre ses lèvres. Pardonnez-moi, je n'ai pas pu résister.

Elle posa les mains sur la nuque de Fernando, les doigts enfoncés dans l'épaisseur de ses cheveux, et elle ramena sa bouche vers la sienne. Elle lui rendit ses baisers dans un innocent abandon...

Soudain, elle se rendit compte de ce que pouvait signifier pour lui cet élan passionné. Elle n'aurait pu lui indiquer plus nettement qu'elle se livrait entièrement à lui.

Les doigts tremblants, elle referma sa cape, réussit à ouvrir la portière, la fit claquer derrière elle et traversa le trottoir en courant. Quelques secondes plus tard, elle retrouva la sécurité de sa chambre. Elle laissa tomber sa cape sur le sol et se jeta sur son lit en pleurant.

Le dimanche matin, quand elle se regarda dans la glace, elle se fit peur. Elle avait les traits tirés, les yeux cernés d'avoir tant pleuré la veille. Elle avait mal à la tête.

Lucie Castana vit dans quel état elle se trouvait, malgré son maquillage.

— Vous n'avez pas dû beaucoup dormir cette nuit, *señorita,* à en juger par votre mine, fit-elle remarquer. Pourtant, mon mari croit vous avoir entendue rentrer peu après dix heures.

— C'est exact, *señora.* Mais j'ai très mal dormi. Je... je suis en train de couver un gros rhume, je crois.

Lucie leva un sourcil.

— Vous veillerez à ne pas passer vos microbes à Eduardo... ni à nous. Si vous ne vous sentez pas bien, restez dans votre chambre.

— Oui, *señora.*

C'était exactement ce qu'elle avait envie de faire.

— Ah ! J'allais oublier... Dans une heure, mon mari et moi allons sortir pour la journée avec Eduardo. Nous avons tant de visites à faire, avant de quitter Londres ! Si vous êtes remise d'aplomb à notre retour, je compte sur vous pour coucher Eduardo comme d'habitude.

— Très bien, *señora.*

Dès dix heures, il ne restait plus personne dans la maison, la cuisinière et la bonne étant parties de leur côté.

Vers onze heures, Susannah descendit à la cuisine pour se faire une tasse de thé. Chaque avion qui traversait le ciel de Londres lui rappelait que Fernando était en train de voler vers Madrid. Où vivait-il ? Que faisait-il ? Maintenant, elle ne le saurait jamais.

Pour se changer les idées, elle résolut de téléphoner à sa meilleure amie, Margaret Tullett. Elles s'étaient connues à l'orphelinat et avaient fait ensemble leurs études à l'université de York. Deux ans plus tôt, peu après avoir trouvé un poste de professeur à Londres, Margaret avait épousé l'un de ses collègues. Ils avaient une petite fille d'un an et demi, Janet. Susannah était sûre qu'ils lui feraient une place à leur table pour le déjeuner. Ils la traitaient comme une sœur et ne l'avaient pas vue depuis trois semaines.

Elle allait décrocher le téléphone, dans le hall, quand la sonnerie retentit. Elle prit l'appareil, annonça son numéro et allait dire que le *Señor* et la *Señora* Castana étaient absents pour la journée, quand une voix grave s'exclama :

— Susannah ! Susannah !...

Elle n'entendit pas la suite. Ses jambes se dérobèrent sous elle, et elle dut s'appuyer à la console du téléphone.

— Fernando !

Elle ne s'était même pas rendu compte qu'elle l'avait appelé par son prénom.

— Où donc êtes-vous ? reprit-elle.

— Susannah ! J'ai reconnu votre voix. C'est si bon de vous entendre !

Elle allait répéter son prénom, mais parvint à se ressaisir.

— *Señor* Cuevas, d'où m'appelez-vous ?

— Mon avion a décollé il y a une heure, Susannah.

— Comment ? Votre avion, *Señor* Cuevas ?

— Vous avez bien compris, oui. Mais pourquoi me donnez-vous du « *Señor Cuevas* » ? Je préférais « Fernando ». Comment se fait-il que je vous aie eue directement au bout du fil. Où sont les Castana ?

— Ils sont absents pour la journée. Ils ne rentreront qu'au début de la soirée.

— Alors, vous êtes libre ? demanda-t-il d'un ton joyeux.

— Oui, en principe.

— Pourquoi, « en principe » ? J'ai l'impression que vous parlez à contrecœur. Vous n'avez peut-être pas envie de me revoir, après ce qui s'est passé hier soir ?

— Oh, Fernando ! Bien sûr que j'ai envie de vous revoir ! Où puis-je vous rejoindre ?

— Je vous téléphone de l'hôtel. Je prends un taxi. Je serai près de vous dans... une vingtaine de minutes.

— Très bien.

Susannah raccrocha et resta immobile pendant quelques secondes, les yeux fixés sur l'appareil. Puis, soudain galvanisée, elle monta en courant l'escalier et alla se regarder dans la glace de sa salle de bains. L'épais maquillage qu'elle s'était mis le matin faisait comme un emplâtre. Elle se lava à l'eau et au savon et contempla le résultat qui n'était guère plus brillant. Que penserait-il d'elle ? Elle se trouvait un air d'épouvantail !

Elle passa dans sa chambre et remplaça la jupe et la blouse qu'elle portait par un pantalon corail, très printanier, et un pull blanc à col roulé. Puis elle se brossa les cheveux avec une sorte de rage, furieuse de se trouver si laide.

Elle était occupée à se maquiller les paupières quand on sonna à la porte d'entrée. Douze minutes à peine s'étaient écoulées depuis l'appel de Fernando. Elle allait se colorer un peu les joues, bien résolue à ne pas ouvrir à des visiteurs qui n'étaient pas pour elle, quand la sonnette se fit de nouveau entendre, à coups répétés. Elle posa sa houpette avec un geste d'impatience et descendit l'escalier, énervée par l'insistance de l'importun.

Elle déverrouilla la lourde porte et l'entrouvrit prudemment. Sa stupéfaction lui fit faire un pas en arrière.

— Fernando ! Déjà là ? Comment avez-vous fait ?

Il entra sans dire un mot, laissant ses yeux et son sourire parler pour lui. Il referma la porte, et s'immobilisa devant Susannah. Mal coiffée, à peine maquillée, elle n'osait imaginer le spectacle qu'elle offrait.

— Je suis désolée de vous avoir fait attendre. Je croyais...

Soudain, elle fut dans ses bras, les mains emprisonnées contre sa poitrine. Leurs bouches se joignirent. Jamais elle n'avait été aussi près de lui. Dans la voiture, la veille, il ne l'avait touchée que du buste et du genou. Mais maintenant, serrée contre lui, elle pouvait sentir la force et la chaleur de tout son corps. Elle s'abandonna irrésistiblement et l'étreignit à son tour, en ronronnant de plaisir.

Soudain, il la repoussa doucement et la maintint à bout de bras. Elle essaya en vain de revenir se blottir contre lui.

— Susannah, murmura-t-il, soyons raisonnables. Je vous désire terriblement, mais ici, dans le hall de mes amis Castana !...

Elle revenait à elle, consciente d'avoir perdu la tête. Fernando s'en rendit compte. Il la libéra.

— Je dois être affreuse à voir, dit-elle. Attendez-moi, je vais aller m'arranger.

— Jamais je ne vous ai trouvée aussi belle... aussi désirable.

Il la caressa du bout des doigts sous les yeux et continua :

— Vous n'avez pas dû beaucoup dormir, cette nuit.

Elle détourna la tête. Elle n'avait pas besoin de sa compassion.

— J'ai passé moi-même une très mauvaise nuit, dit-il en la saisissant par le poignet.

— J'en suis désolée, répondit-elle avec un geste d'impuissance. Maintenant, laissez-moi. Je vais aller finir de me maquiller.

Les doigts de Fernando raffermirent leur étreinte.

— Oubliez votre apparence, je vous en prie. *No importa !* C'est votre réalité qui a de l'importance pour moi.

— Vraiment ? répondit-elle sans conviction.

— Bien sûr ! soupira-t-il. Susannah... ce sera très difficile, mais je dois vous expliquer pourquoi je ne suis pas parti ce matin.

— A quoi bon ?

— Il le faut. Je ne sais pas ce que vous pensez de moi, mais, je vous assure, je n'ai pas l'habitude de me jeter sur la première fille venue. Mais vous... Oui, c'est la première fois que ça m'arrive.

— Oh, je vous en prie !

— Laissez-moi continuer. Dans mon pays, un homme ne compromet pas une jeune fille sans lui devoir des explications. Vous comprenez ?

Susannah ne sut que répondre. Elle ne voyait qu'une chose : il était en train de détruire toute la joie qu'elle avait éprouvée à entendre sa voix au téléphone.

— Fernando, dit-elle enfin. En Angleterre, ce n'est pas la même chose. On s'embrasse sans en faire tout un drame.

— Taisez-vous ! C'est tout ce que vous trouvez à dire, après ce qui s'est passé entre nous ? « On s'embrasse » !

Est-ce qu'un homme vous a déjà tenue dans ses bras comme je viens de le faire ? D'autres hommes vous ont-ils embrassée comme je vous ai embrassée ?

— Je n'ai pas dit cela...

Elle s'écarta de lui en se frottant le poignet. Il l'avait serré si fort que sa main avait blanchi.

— Je veux dire, reprit-elle, que vous n'avez pas à vous excuser pour quelque chose qui n'est pas plus de votre faute que de la mienne.

— Il ne s'agit pas d'excuses ! Vous ne me comprenez pas !

Susannah se détourna et fit quelques pas vers l'escalier en disant :

— J'en ai pour une minute...

Fernando la rattrapa et, la prenant par les épaules, l'attira violemment contre lui. Elle essaya de lutter. Mais quand elle sentit sa bouche brûlante sur son cou, elle céda à son envie de s'abandonner dans ses bras.

— Susannah, murmura-t-il d'une voix torturée, tout contre son oreille. Susannah, si je n'ai pas pris l'avion... si je suis ici... ce n'est pas pour m'excuser. Je devais vous revoir. Parce que vous avez pris une place immense dans ma vie... Parce que je vous aime !

Susannah n'en croyait pas ses oreilles. Qu'avait-il dit là ! Elle rejeta la tête en arrière et, les sourcils froncés, le regarda dans les yeux. La sincérité qu'elle y vit était aussi réelle que ces mains qui pressaient sa taille.

— Oh, Fernando !

Elle lui offrit ses lèvres, et leurs bouches s'unirent doucement.

Ce fut elle, finalement, qui mit fin au baiser. Elle s'écarta, les joues brûlantes. Il ne fit pas un geste pour la retenir. Elle lui caressa les cheveux, consciente et étonnée de son pouvoir sur lui. Un sourire effleura ses lèvres.

— Ça vous amuse ? demanda Fernando.

— Non, ça ne m'amuse pas ! Je trouve ça merveilleux, c'est tout !

Il prit sa main et la porta à ses lèvres.

— Allez, et revenez vite, dit-il. N'oubliez pas de prendre un manteau...

4

Ils déjeunèrent dans un petit restaurant grec de Soho. Fernando établit lui-même le menu : une moussaka, des aubergines coupées en fines tranches, grillées et accompagnées d'une sauce aillée, et une côtelette de veau. Ils parlèrent beaucoup pendant tout le repas, en n'abordant que des sujets impersonnels ; mais, chaque fois que leurs yeux se croisaient, une communication très intime, troublante, s'établissait entre eux.

Après avoir quitté Susannah, la veille, Fernando avait rendu sa voiture de location. C'est dans la nuit, seulement, qu'il avait décidé de ne pas prendre l'avion. Il proposa de faire appeler un taxi par le patron du restaurant, mais Susannah préférait marcher.

Ils se promenèrent longtemps, la main dans la main. Elle prit plaisir à lui montrer un peu du Londres qu'elle aimait.

Vers cinq heures, ils trouvèrent un coin tranquille sous les arbres de Kensington Gardens, et ils s'assirent sur l'herbe. C'était un endroit très fréquenté par les amoureux, si bien que personne ne fit attention à eux. Fernando s'allongea, appuyé sur les coudes, et Susannah resta assise, les bras passés autour de ses jambes repliées.

Fernando, d'une main, pesa sur son épaule et ne rencontra qu'une faible résistance lorsqu'il voulut étendre la jeune fille près de lui. Il se mit sur le côté et lui caressa la joue du revers de la main.

— A quoi pensez-vous, Susannah ?

Elle se détendit sur le gazon, heureuse de sentir sur sa peau la chaleur du soleil, particulièrement brillant ce jour-là.

— Je pense à la merveilleuse journée que nous avons passée ensemble, Fernando. Mais elle est presque terminée.

Il jeta un coup d'œil à sa montre.

— Nous avons encore des heures devant nous !

— Hélas non ! s'écria-t-elle en essayant de se relever. Je dois être rentrée pour sept heures. La *Señora* Castana compte sur moi pour coucher Eduardo.

— Elle n'est pas capable de le coucher toute seule ?

Susannah poussa un soupir.

— Elle m'a demandé de le faire. Je dois rentrer. Après tout, ça fait partie de mon travail.

Fernando fit entendre un grognement d'impatience.

— Et demain, évidemment, vous faites la classe ?

— Demain ?

— Mais oui, demain !

Elle se passa la langue sur les lèvres.

— Mais... je pensais que vous alliez retourner en Espagne !

Fernando fronça les sourcils ; ses yeux se firent si étroits que Susannah ne put discerner leur expression.

— Vous désirez que je prenne l'avion demain, Susannah ?

— Oh, non, non !

Elle se tourna vers lui et caressa son front, comme pour l'apaiser.

— Je voudrais... commença-t-elle. Je voudrais que vous ne repartiez jamais.

Fernando prit sa main, l'attira vers ses lèvres et embrassa chaque doigt avec tendresse.

— Demain, je télégraphierai que j'ai retardé mon retour.

— Oh ! C'est bien vrai, Fernando ?

Ses yeux s'embuèrent. Elle entrouvrit les lèvres, et il posa sa bouche sur elles. Une bouffée de passion les envahit tous les deux. La pression du corps de Fernando tout le long de son propre corps rendait Susannah sans défense. Elle s'agitait doucement, toute chaude, l'appelait de tout son être.

— Qu'est-ce que vous faites, dites ? fit une petite voix tout près d'eux.

Fernando s'écarta brusquement de Susannah et tourna la tête. Une fillette très brune, en salopette rouge, les regardait, les yeux écarquillés. Susannah, mollement étendue sur l'herbe, essayait de retrouver ses esprits.

— Ta maman ne t'a pas dit qu'il ne fallait pas parler aux étrangers ? demanda Fernando en tentant de voiler son énervement. Où est-elle, ta maman, mignonne ?

— Linda ! Linda ! Viens ici tout de suite, vilaine ! cria de loin la mère au même moment.

Linda lança à Fernando un regard de défi, haussa les épaules et s'enfuit en courant.

L'intervention de la petite fille avait produit un curieux effet sur Fernando. Sans regarder Susannah, il se leva et s'épousseta en disant :

— Nous pourrions aller prendre le thé, d'accord ? Puis je vous raccompagnerai.

Susannah se remit debout péniblement. Elle prit tout son temps pour enlever quelques brindilles accrochées à son manteau. Elle se demandait pourquoi Fernando avait si brusquement changé d'humeur. Ce pli sévère, au coin de ses lèvres, ne pouvait s'expliquer par la curiosité innocente de l'enfant.

Ils prirent un thé complet dans un bar de Knightsbridge, puis Fernando héla un taxi qui les ramena à Lorrimer Terrace. Ils avaient peu parlé, depuis l'incident du parc. Susannah sentait que son compagnon avait mis de la distance entre elle et lui. Pourquoi ce retrait ? se demandait-elle, la gorge nouée. Que s'était-il passé ?

Le taxi s'arrêta devant la porte des Castana. Susannah descendit de voiture avant que Fernando n'ait eu le temps de faire un geste pour la retenir.

Fernando descendit de son côté. Il fit signe au chauffeur d'attendre et rattrapa Susannah au moment où elle allait ouvrir la porte.

— Je vous verrai, demain ? demanda-t-il en prenant possession de ses mains.

Susannah ne savait plus que penser.

— Etes-vous sûr d'en avoir envie ? dit-elle sans le regarder.

Il porta ses deux mains à ses lèvres et, après un soupir :

— En doutez-vous ?

— Vous avez tellement changé depuis...

— Depuis que cette fillette nous a... séparés ? Il m'est impossible de vous expliquer... Alors, à demain soir ?

Susannah hocha la tête affirmativement en souriant.

— Comme d'habitude... et je ferai tout mon possible pour ne pas être en retard.

Il embrassa une dernière fois sa main et remonta dans le taxi.

Ils se revirent tous les soirs pendant les jours suivants. Les Castana étaient trop préoccupés par leur prochain départ pour s'intéresser aux allées et venues de Susannah. Elle n'avait donc pas à leur donner d'explications. Fernando semblait éviter soigneusement les situations où ils auraient pu se trouver dans une totale intimité. Mais, le vendredi soir, dans l'atmosphère enfumée d'un pub de Chelsea qu'ils avaient pris l'habitude de fréquenter, il demanda à brûle-pourpoint :

— Que diriez-vous d'un week-end à la campagne ?

Elle ne s'attendait certainement pas à une telle proposition. Abasourdie, elle ne put que répéter sottement :

— Un week-end ? A la campagne ?

Ils étaient assis côte à côte sur une banquette. Fernando se retourna vers elle, un coude sur la table, et la regarda intensément.

— Oui. Un de mes amis — une relation d'affaires —

a un cottage dans un village du comté de Buckingham, à Wendcombe. Avant de partir en voyage, hier matin, il l'a mis gentiment à ma disposition.

Susannah se sentit rougir.

— Vous voulez dire?... balbutia-t-elle. Vous et moi... tout seuls... dans ce cottage?

Les yeux de Fernando se plissèrent.

— Trouvez-vous ma proposition saugrenue?

Ce n'était pas le mot qui convenait, pensa Susannah. Très suggestive, dangereuse, oui, plutôt. Elle regarda fixement son verre en se demandant ce qu'elle allait répondre. Comment lui dire qu'elle n'avait jamais fait une chose pareille? Peut-être, d'ailleurs, ne la croirait-il pas. Peut-être avait-elle eu un comportement qui la faisait passer pour une fille facile, comme l'étaient tant de jeunes Anglaises. Et elle savait si peu de choses sur lui. Pendant toute la semaine, elle avait seulement appris qu'il vivait en Andalousie, entre Cadix et Séville, au milieu des vignes que possédait sa famille; et qu'il venait de temps en temps à Londres pour exporter le vin qu'ils produisaient. Elle savait bien que leurs relations, tôt ou tard, allaient prendre un tour de plus en plus intime. Mais quand même, ce week-end...

Elle cessa de contempler son verre, se redressa un peu, et dit tranquillement :

— Je ne peux pas accepter, Fernando.

Il se raidit sur la banquette, la bouche amère.

— Très bien. Voulez-vous boire autre chose?

— Non, merci. Fernando, je vous en prie, essayez de comprendre. Je...

— Ne vous donnez pas tant de mal. Je comprends parfaitement.

Il avala le reste de son whisky et se leva en disant :

— Excusez-moi. Je vais en chercher un autre au bar.

Elle le regarda s'éloigner. Il avait une démarche souple, décontractée, et plusieurs femmes le suivirent des yeux. Susannah soupira. Elle connaissait bon nombre de filles qui auraient accepté avec enthousiasme un week-end à la campagne avec des garçons infiniment moins séduisants qu'un Fernando Cuevas, sans même en être amoureuses. Elle, Susannah, était sûre de l'aimer. Et elle entendait encore sa voix quand il lui avait dit : « Je vous aime. » Il n'avait pas parlé à la légère, elle en était convaincue.

Ses paumes étaient moites. Son cœur battait vite et fort. Et si elle acceptait ? Comme sa mère, ne se retrouverait-elle pas enceinte ? Et ne disparaîtrait-il pas, après avoir obtenu d'elle ce qu'il voulait ? Mais si elle s'obstinait à refuser, le reverrait-elle jamais ?

Fernando revint s'asseoir. Il leva son verre vers elle et but une longue gorgée. Puis il chercha son briquet et son paquet de cigarillos. Il en alluma un, aspira profondément la première bouffée.

— J'ai quelque chose à vous dire, Susannah, commença-t-il. Je dois absolument prendre l'avion lundi.

Elle ferma les yeux et se crispa, comme sous le coup d'une violente douleur physique. Elle dut faire un effort pour articuler :

— Vous me manquerez tant, Fernando !

— Vous aussi, vous me manquerez. Vous ne pouvez pas savoir combien !

— Il faut vraiment que vous partiez ?

— Oui. Vous avez rendu inoubliable mon séjour à Londres.

— C'est tout ?

Il lui lança un coup d'œil en coin.

— Que voulez-vous que je vous dise de plus ?

Elle haussa les épaules.

— Vous reverrai-je un jour ?

Il tira nerveusement sur son cigarillo.

— Peut-être. A mon prochain voyage à Londres, si vous êtes toujours chez les Castana.

Susannah sursauta.

— Vous ne le savez pas ? Les Castana vont s'installer aux Etats-Unis. Ils m'ont demandé de les accompagner.

— Et vous irez ?

— Je ne sais pas. Je leur ai dit que j'avais besoin de réfléchir.

Brusquement, Fernando écrasa son cigarillo dans le cendrier et se rapprocha de Susannah. Il la saisit par le poignet. Elle sentit sur sa jambe le contact de la sienne.

— Susannah, murmura-t-il avec une violence contenue, venez à Wendcombe avec moi, je vous en supplie. J'ai besoin d'être seul avec vous, loin du monde. Je veux vous prouver combien je vous aime, corps et âme. Et je sais que vous m'aimez, Susannah !

Elle tremblait comme si elle avait la fièvre. Elle ne put que répéter :

— Fernando ! Fernando !

Elle regarda ses yeux, qui brillaient d'une sensualité qu'il ne cherchait plus à cacher. Il caressa tendrement les veines qui se dessinaient au plus tendre de son poignet.

— Susannah, avez-vous peur de moi ? Il ne faut pas. Je veux vous rendre heureuse.

Soudain, elle céda. Elle nicha sa tête au creux de son épaule. Elle avait besoin du contact rassurant de sa large poitrine pour lui avouer quelque chose qu'elle avait tant de mal à exprimer :

— Fernando, je n'ai jamais fait ça... Oh ! vous me comprenez ? Il faudra que vous soyez très patient avec moi !

Il prit son menton dans le creux de sa main et leva vers lui son visage. Il caressa ses lèvres du regard.

— Je serai patient, Susannah, très patient. Alors, c'est oui ?

Elle sourit faiblement.

— C'cst oui.

Quand Susannah leur demanda si elle pourrait s'absenter du samedi après-midi au dimanche soir, les Castana ne firent aucune difficulté. Après avoir fait travailler Eduardo pendant toute la matinée, elle déjeuna rapidement. Puis elle prit un taxi jusqu'au Savoy, comme le lui avait indiqué Fernando.

Il l'accueillit dans le hall de l'hôtel. Elle le trouva très séduisant dans son costume de velours gris côtelé ; un sweat-shirt rouge vif accentuait son teint basané. Il la soulagea en souriant de la valise qu'elle avait préparée dès qu'elle était rentrée dans sa chambre, la veille au soir.

— La mienne est déjà dans le coffre de la voiture, dit-il. Allons-y. J'ai hâte de quitter Londres.

Elle le suivit jusqu'au parking de l'hôtel. Il s'arrêta devant une grande Mercedes d'un beige très clair.

— Voilà l'engin, dit-il. Il vous plaît ? J'ai exactement la même voiture, là-bas, en Espagne.

Elle ne répondit pas ; pendant qu'il mettait sa valise dans le coffre, elle s'installa à sa place. Elle regarda le tableau de bord en bois précieux, la large banquette arrière en cuir noir, très épais. Tant de luxe la mettait mal à l'aise.

Fernando vint prendre sa place au volant. Pendant qu'il faisait marche arrière pour sortir du parking, il répéta sa question :

— Alors, elle vous plaît ?

— Oui, elle est très... cossue. Mais j'aimais bien la Ford.

Il se mit en première un peu nerveusement et se lança dans la circulation.

Moins d'une heure plus tard, ils étaient à Wend-Combe. C'était vraiment un très joli petit village. Sur la place, une vieille église en pierres grises se mirait dans un étang où barbotaient des canards blancs. Les maisons, toutes basses, étaient blanchies à la chaux. Fernando s'engagea prudemment dans une rue étroite et tortueuse.

— Comme il est beau, ce village ! s'exclama Susannah. Vous y êtes souvent venu ?

— Une fois seulement, pendant un week-end. Il y avait beaucoup de monde. Cette fois-ci...

Il se tourna vers elle sans terminer sa phrase. Elle avait oublié qu'ils allaient vivre à deux, dans une extrême intimité. Il sentit sa gêne.

— Détendez-vous, Susannah, dit-il doucement. Rien

ne vous obligera à faire ce que vous n'avez pas envie de faire... Nous voilà arrivés.

Il rangea la voiture le long d'une clôture, à l'écart du portail couvert de glycine. Il prit les deux valises et précéda la jeune fille dans une allée de pierres plates qui serpentait entre des massifs. Le printemps précoce avait fait éclore beaucoup de fleurs.

Fernando sortit un trousseau de clés, ouvrit la porte blanche et s'effaça pour laisser passer Susannah. Elle poussa un petit cri en découvrant l'immense living-room qui occupait presque tout le rez-de-chaussée. Les grandes dalles rouges du sol étaient joliment patinées, de vieilles poutres barraient le plafond. Les murs étaient blancs ; des fauteuils et un canapé de cuir fauve, ainsi qu'une table basse étaient disposés devant une cheminée qui occupait presque tout le fond de la pièce. Un grand tapis à damiers rouges et blancs, et une longue table de ferme flanquée de deux bancs complétaient le décor.

Fernando alla poser les valises au pied de l'escalier de bois qui occupait l'extrémité de la pièce, à l'opposé de la cheminée.

— Et la maison est chauffée ! s'écria Susannah. C'est merveilleux !

— Oui, dit Fernando. J'ai prévenu Mme Minto de notre arrivée. C'est elle qui s'occupe de la maison. Elle viendra faire nos repas. Elle a allumé la chaudière du chauffage central et préparé le feu de bois. Nous pourrons avoir une flambée tout à l'heure.

— Voulez-vous du café, ou du thé ?

— Du café, volontiers. Je vais vous montrer la cuisine.

Susannah se retrouva dans un autre monde. C'était une cuisine ultra-moderne, qui contrastait avec ce qu'elle avait vu jusqu'alors de la maison.

Quand le café fut prêt, elle alla poser le plateau sur la table basse. Elle entendit Fernando marcher au-dessus d'elle et eut soudain envie de visiter le reste du cottage. Elle monta l'escalier et déboucha sur un palier où donnaient quatre portes. L'une d'elles était ouverte. Elle vit les deux valises, posées sur une ottomane, au pied d'un grand lit à colonnes. Le plancher était peint en bleu lavande ; les murs, du même bleu, étaient un peu plus clairs, et le lit était couvert d'une courtepointe blanche. De chaque côté de la grande baie vitrée pendait un rideau jaune d'or. Une porte entrouverte, sur la droite de Susannah, donnait sans doute accès à la salle de bains.

Elle fit un pas dans la pièce et aperçut sur une chaise, le sweat-shirt rouge de Fernando et sa veste de velours. Elle allait se retirer, quand il s'encadra dans la porte qu'elle avait remarquée. Elle vit ses larges épaules nues, son buste viril, ses cheveux ébouriffés, et esquissa un mouvement de recul. Cette intimité, à peine ébauchée, la faisait s'affoler. Il s'en aperçut.

— Du calme, Susannah, du calme, dit-il, sans faire un mouvement vers elle. Je ne vais pas vous manger !

— Votre café... votre café va refroidir, bredouilla-t-elle.

— Allons, descendez vite. Je vous rejoins tout de suite.

Elle était dans la cuisine, occupée à faire réchauffer le café au bain-marie, quand elle entendit ses pas dans l'escalier. Elle vint remplir les tasses et s'assit au bord d'un fauteuil. Il faisait exprès, se dit-elle, de s'asseoir au milieu du canapé : si elle avait voulu s'y installer, elle aurait été obligée de lui demander de s'écarter.

Fernando alluma un cigarillo, se pencha pour prendre sa tasse, et but par petits coups, sans manifester le moindre plaisir. Susannah le regardait d'un air malheureux tout en tournant sa cuiller dans le liquide. Il fit mine de ne pas la remarquer et posa sa tasse sur le plateau. Elle l'imita, se leva et s'inclina pour débarrasser la table.

— Laissez ça ! fit Fernando d'une voix dure.

Elle s'arrêta, interloquée, et répondit :

— Je veux que la dame dont vous avez parlé trouve une maison en ordre.

— J'ai dit, laissez ça ! répéta-t-il.

Ses yeux étaient froids, entre ses cils épais. Susannah le regardait fixement, incertaine. Soudain, elle se révolta contre ses manières.

— Ne me parlez pas comme à une domestique ! dit-elle d'une voix ferme.

Elle prit le plateau et se redressa. Pendant un moment, ils se défièrent du regard. Puis elle fit demi-tour et alla d'un pas décidé vers la cuisine. Là, elle posa les tasses, et laissa retomber tristement ses épaules. C'était bien la dernière chose qu'elle eût souhaité... Se disputer avec lui ! Elle l'aimait !

Quand elle revint dans le living-room, Fernando était adossé dans un coin du canapé, une jambe étendue, et lisait un journal. Il ne leva même pas les yeux. Elle soupira. Que devait-elle faire ? Elle regarda le jean qu'elle avait porté pendant le voyage et décida de prendre une douche et de se changer.

Elle se tourna une dernière fois vers Fernando, toujours plongé dans sa lecture, et monta dans la chambre. Elle ouvrit sa valise, y prit une serviette et sa trousse de toilette. Quand elle fut dans la salle de bains, elle poussa un soupir de soulagement : il y avait un verrou à la porte.

L'eau de la douche avait une température idéale. Susannah mit un bonnet sur ses cheveux et s'avança sous le jet apaisant.

Après s'être séchée, elle constata qu'elle avait oublié de prendre ce qu'il fallait pour se changer. Elle se noua une serviette autour des reins et revint dans la chambre, son jean et son sweater à la main.

Elle s'arrêta pile. Fernando était assis au bord du lit, les coudes sur les genoux et la tête dans les mains. Son attitude exprimait un profond désespoir. Le cœur serré, Susannah prit une robe dans sa valise. Fernando dut l'entendre, car il laissa tomber les mains entre ses genoux. La voyant presque nue, il se leva d'un bond. Il détourna aussitôt la tête et alla se camper, les mains dans les poches, devant la fenêtre.

Susannah alla s'habiller dans la salle de bains. Elle ne verrouilla pas la porte. Elle avait choisi une robe d'hôtesse blanche, bordée de mauve, qui accentuait la blondeur soyeuse de ses cheveux. Elle se brossa énergiquement les cheveux, se maquilla légèrement, et revint dans la chambre.

— Aimez-vous ma robe ?

Fernando, qui regardait toujours le jardin, se retourna d'une pièce. Il avait encore un pli amer au coin des lèvres. Il essaya de sourire.

— Elle est très belle, Susannah. Ou plutôt, vous êtes très belle. Mais vous le savez, je suppose...

Elle laissa apparaître sur son visage un peu de son propre désespoir.

— Je suis désolée, Fernando. Je... je me suis conduite comme une sotte.

— Non ! Tous les torts sont de mon côté ! Jamais je n'aurais dû venir ici avec vous !

— Pourquoi ? Vous n'avez plus envie d'être avec moi ?

Il traversa la chambre en quatre enjambées et la prit dans ses bras. Il l'étreignit de toutes ses forces en murmurant d'une voix étouffée :

— *Por dios,* je vous aime. Je vous aime. Je vous aime ! Jamais je n'ai éprouvé autant d'amour pour une femme, jamais !

Susannah lui caressait les cheveux. Elle l'obligea à baisser la tête pour pouvoir embrasser ses joues, ses paupières, le coin de ses lèvres.

— Moi aussi, je vous aime, Fernando. Mais j'ai eu envie de mourir, tout à l'heure, quand vous m'avez donné l'impression que je n'étais plus rien pour vous. C'était atroce !

Il avait une main au creux de sa taille ; l'autre à même sa peau, dans le décolleté du dos.

— Je ne voulais pas vous faire souffrir, Susannah. Si vous saviez ce que j'ai éprouvé, tout à l'heure, quand vous êtes entrée dans cette chambre pour la première fois et m'avez regardé d'un air terrifié ! Comme si j'étais un monstre. Et je me suis replié dans la peau de ce monstre. Oh, Susannah ! Je vous en supplie, n'ayez plus jamais peur de moi. J'ai tellement besoin d'être près de vous, de vous aimer !

Susannah, serrée contre lui, rendait baiser pour baiser. Son abandon total révélait que la peur, maintenant, était absente de ses émotions.

Soudain, ils entendirent du bruit au rez-de-chaussée. Une porte claqua. Fernando, après une dernière caresse, très douce, s'écarta de Susannah avec un profond soupir.

— C'est la bonne Mme Minto, dit-il. Allez vite vous présenter à elle.

Susannah restait immobile devant Fernando, les mains ouvertes, tendues vers lui. Elle avait les yeux et les lèvres humides. Sans qu'elle le voulût, tout, dans son attitude, l'attirait vers elle.

— Susannah, je vous en supplie, ne me regardez pas ainsi, dit-il en serrant les poings. Je ne suis qu'un homme, avec toute la faiblesse d'un homme !

— Je le sais, Fernando.

— Alors, descendez vite. Je prends ma douche et je vous rejoins.

Elle se coiffa rapidement dans la salle de bains, se passa de l'eau fraîche sur les paupières et alla affronter Mme Minto.

Que penserait-elle de ce couple non marié qui allait passer la nuit, tout seul, dans le cottage ?

5

Susannah trouva Mme Minto dans la cuisine, où elle était en train de nouer son tablier de grosse toile bleue. C'était une petite femme replète, aux yeux vifs, qui devait avoir entre cinquante et soixante ans. Elle accueillit la jeune fille avec un sourire ambigu.

— Bonsoir, mademoiselle. Je m'appelle Alice. Alice Minto. Vous m'attendiez, j'espère ?

— Bien sûr. C'est très gentil à vous de venir préparer nos repas.

— Bah ! J'ai l'habitude. Depuis que mon Jack est mort, il y a trois ans, je viens aider M. et Mme Cunningham chaque fois qu'ils viennent ici. Vous pensez bien que je n'aurais pas fait ça du vivant de Jack. Il n'aurait jamais voulu, le pauvre ! Mais maintenant, faut bien vivre...

Elle est bavarde et n'a pas l'air trop méchante, pensa Susannah. Elle allait lui dire quelque chose de gentil quand l'autre enchaîna, en allumant le four :

— J'ai mis un beau rumsteck dans le frigo. Ça fera un bon rôti, avec des pommes sautées. Je vous ferai un pudding du Yorkshire pour le dessert, vous aimez ?

— Je suis née dans le Yorkshire, et...

— Ça tombe bien.

Elle lui montra le grand panier qu'elle avait apporté.

— Regardez-moi ces légumes ! Ça vient d'être cueilli. J'en fais encore pousser un peu. Mais si vous aviez vu le potager, du vivant de mon Jack ! C'était le plus beau du village. Moi toute seule, c'est trop dur.

Susannah ne savait comment mettre fin à ce flot de paroles. La brave femme s'était mise à éplucher une pomme de terre.

— Je peux vous aider, madame Minto ?

— Pensez-vous ! Avec ces jolies mains que vous avez ! Ça serait un crime de les abîmer.

Susannah regarda ses mains pendant que Mme Minto poursuivait :

— Je vais vous dire, mademoiselle... J'ai vu tout de suite que vous n'avez pas d'alliance. Remarquez, j'y trouve pas trop de mal. J'en ai vu défiler, ici, des couples pas mariés. J'ai des principes, mais mon Jack, il en avait bien plus que moi. C'est pour ça qu'il voulait pas que je travaille chez les Londoniens.

Susannah poussa un soupir.

— Vous savez, dit-elle, la vie n'est pas toujours facile...

— J'en sais quelque chose. N'empêche qu'il y en a qui ont l'air de la compliquer à plaisir. Regardez par exemple tous ces jeunes qui se mettent ensemble sans penser, et, après, qui ne savent plus quoi faire de leurs gosses. De mon temps...

Susannah se détourna.

— Vous avez tout ce qu'il vous faut, madame Minto ?

— Vous inquiétez pas... Vous avez l'air bien gentille et comme il faut. C'est pas contre vous que j'en ai. Mais ce monsieur... Don Fernando, ils l'appelaient. Je l'aimais bien. Il était ici, l'année passée. Un vrai gentleman, qu'il était. Il m'ouvrait les portes, me disait toujours merci. C'est pour ça que je ne l'ai pas oublié. Eh bien ! vous voyez, je n'aurais jamais cru ça de lui. Un monsieur qui a l'air d'avoir tant d'éducation.

— Pour une fois, lança Susannah d'un ton énervé, je suis heureuse de vous approuver. Don Fernando est en effet un vrai gentleman.

Mme Minto lui lança un regard aigu.

— Ça y est ! dit-elle. J'en ai encore trop dit. Ma fille a

bien raison de me répéter que je suis une mêle-tout? Faut me comprendre. Au fond, je ne suis pas méchante.

Avant de se retirer, Susannah lui fit un petit geste rassurant pour lui montrer qu'elle la comprenait...

Elle alla à la porte-fenêtre du living-room et rêva devant le grand jardin qui s'étendait derrière la maison. A en juger par les réflexions de Mme Minto, que devait-on penser, dans le village, des Buckingham et de leurs invités ! Fernando et elle n'étaient certainement pas le premier couple à venir abriter ses amours dans le cottage.

Elle se rappela que Mme Minto avait dit « Don » Fernando. On l'appelait sans doute ainsi dans son pays. Elle savait vaguement que ce « Don » indiquait une certaine noblesse. Le moment viendrait, certainement, où il parlerait davantage de lui-même. En attendant, elle était heureuse d'être en sa compagnie.

Elle se retourna en entendant Fernando descendre l'escalier en courant, les cheveux encore mouillés. Il portait un jean de velours fauve, rentré dans ses bottes, et une chemise de grosse laine, très ouverte, dont il avait roulé les manches à mi-bras. Susannah trouva qu'il ressemblait beaucoup plus à un pirate qu'à un exportateur de vins.

— Je boirais volontiers quelque chose, fit-il en venant vers elle. Qu'avez-nous à nous offrir, Susannah ?

Elle s'accroupit près d'un panier plein de bouteilles et énuméra :

— Du martini, du punch, du coca, du scotch...

— Du scotch, avec un peu d'eau plate. Très bien. Et vous ?

— Pourquoi pas du Xérès ? dit-elle en se relevant avec les deux bouteilles.

— Du Xérès !

Il avait sursauté et la regardait durement.

— Vous voyez un inconvénient à ce que je boive du Xérès ? demanda-t-elle, étonnée.

Il se détourna en secouant la tête.

— Pas du tout, pas du tout.

Pendant qu'elle servait les boissons sur la table basse, il s'occupa du feu de bois. Il n'eut qu'une allumette à mettre. Les brindilles crépitèrent, et de hautes flammes s'élevèrent dans la grande cheminée.

Fernando mit entre ses dents l'un de ses cigarillos préférés et l'approcha du bout incandescent d'une branchette. Il aspira avec un plaisir évident la première bouffée, prit son verre et vint s'asseoir sur le canapé. Susannah y avait déjà pris place. Elle remarqua qu'il avait veillé à laisser entre eux une bonne portion de cuir.

— Mme Minto, commença-t-elle, nous a préparé un repas anglais traditionnel. Un rosbif, et un pudding de mon pays. Cela vous convient-il ?

— Bien sûr. Mais je n'ai pas grand-faim. Une simple omelette aurait fait l'affaire... Une de ces bonnes omelettes espagnoles, bien sûr ; c'est autre chose que les vôtres !

Susannah bondit sur l'occasion.

— A propos, parlez-moi donc de votre pays. Vous ne m'en avez pas dit grand-chose jusqu'ici.

Elle eut l'impression de l'avoir contrarié.

— L'Espagne vous intéresse ?

— Beaucoup !

Il haussa les épaules.

— Qu'avez-vous envie de savoir ?

— Eh bien... Dites-moi où vous habitez... Parlez-moi de Cadix ? La région est marquée par une forte influence maure, n'est-ce pas ?

— Comme toute l'Espagne. Mais vous avez raison. L'Andalousie a été plus marquée que le reste du pays.

Sa façon de prononcer « Andalousie » ressemblait à une caresse.

— Vous devriez aller un jour à Grenade. Et voir l'Alhambra, la magnifique résidence des rois maures. Vous comprendriez ce qu'a perdu l'un d'eux, le jour où il a voulu abandonner sa femme musulmane pour épouser une belle chrétienne.

— Que lui est-il arrivé ?

— Sa femme, très jalouse, et son fils, ont levé des

armées contre lui. Il a été battu et son fils a pris sa place. Chose curieuse, le geste d'indépendance de ce roi a porté un coup terrible à la puissance maure. Beaucoup ont suivi son exemple et se sont soumis à la Chrétienté.

— Grenade, Cadix, Séville, l'Alhambra... Que de beaux noms, et qui me font rêver. L'Andalousie doit beaucoup vous manquer.

Fernando se leva brusquement. Il jeta son cigarillo dans le feu et se retourna en disant :

— Oui, l'Andalousie devrait me manquer, je suppose.

Il s'assit dans un fauteuil, la mine sombre.

— C'est certainement une très belle région, dit Susannah d'une voix mal assurée.

— Comme tout ce qui est beau, elle a des facettes qui le sont moins, fit-il d'une voix dure. C'est un pays cruel, tout autant qu'il est beau.

— Il y a de la cruauté partout. Le monde où nous vivons est loin d'être parfait, dit-elle en regardant les grosses bûches rougeoyer dans l'âtre.

— D'accord. Mais vous seriez certainement moins tolérante si vous songiez à ce qu'est une *corrida.*

— Je n'en ai jamais vu, répondit-elle tranquillement. Et je préfère ne pas imaginer...

— Je vais vous dire... Vous verriez une bête massacrée verser son sang sur le sable de l'arène, par un bel après-midi d'été. Vous en seriez écœurée, comme la plupart de vos compatriotes !

— Pourquoi me dites-vous tout cela ? s'écria Susannah d'une voix tremblante. Voulez-vous me faire mépriser l'ensemble de votre peuple à cause du comportement d'une minorité ?

— Il ne s'agit pas d'une minorité. Nous avons tous la *corrida* dans le sang. C'est pour nous une façon de vivre.

Susannah bondit sur ses pieds.

— Taisez-vous ! Taisez-vous ! cria-t-elle en se bouchant les oreilles. Où voulez-vous en venir ? J'ai l'impression que vous vous acharnez à détruire tout ce qui existe entre nous. Si c'est votre intention, épargnez-moi au moins ces détails répugnants !

Fernando se leva à son tour. Il prit Susannah dans ses bras et murmura, lèvres contre lèvres :

— *Idiota ! Mi guapa Idiota !* Vous ne comprenez rien. La vérité, c'est que je me méprise pour toute cette violence qui fermente en moi. Toute cette violence contenue dans mon désir me fait peur, et je la méprise. La vérité, c'est que je ne me sens pas digne de vous !

— Ne dites pas des choses pareilles, Fernando, répondit Susannah en l'implorant des yeux. Je suis venue ici librement. Je vous aime !

Ils se séparèrent brusquement. Mme Minto était en train de toussoter pour attirer leur attention.

— Excusez-moi de vous déranger. Mais le rôti est presque à point. Je peux attendre, mais pas lui !

— Bonsoir, madame Minto. J'espère que vous vous portez bien, dit Fernando.

— Très bien, Don Fernando. Je peux mettre la table ?

— Bien sûr.

Susannah ne pouvait s'empêcher d'admirer son compagnon. Il avait retrouvé tout son calme et semblait absolument maître de lui-même, alors qu'elle était encore toute tremblante.

Pendant que Mme Minto s'affairait, ils restèrent debout devant la cheminée. Fernando alluma un autre cigarillo.

— Susannah ? demanda-t-il. Quand les Castana partiront pour les Etats-Unis, irez-vous avec eux ?

Elle lui sourit doucement.

— Voudriez-vous que je les accompagne ?

— Certainement pas ! J'aimerais que vous restiez à Londres. Mais je suis égoïste. Je ne pourrais pas supporter de revenir en Angleterre sans l'espoir de vous retrouver.

Mme Minto venait de disparaître dans la cuisine. Vite, Susannah vint se blottir contre Fernando et lui tendit les lèvres. Quand il l'eut embrassée :

— Je n'irai pas à New York, dit-elle. Je ne pourrais pas vivre en sachant qu'il y a entre nous des milliers et des milliers de kilomètres.

Ils étaient loin l'un de l'autre quand Mme Minto vint poser sur la table le plat de faïence bleue où fumait le rôti.

— A table, à table! dit-elle, les poings sur les hanches, visiblement fière de son travail. Et bon appétit!

— Merci, madame Minto, répondit Fernando avec une petite courbette amusée.

— Commencez à découper, j'apporte tout de suite les pommes de terre.

Ils apprécièrent sa cuisine, malgré leur manque d'appétit. Il était plus de neuf heures, et ils finissaient de boire leur café, quand Mme Minto vint vers eux en enfilant son manteau. Fernando se leva.

— Eh bien! dit la femme, je vais vous quitter, Don Fernando. Vous n'avez plus besoin de moi?

— Je ne pense pas, Madame Minto. Je vous remercie de tout ce que vous avez fait pour nous.

Elle prit un air gêné quand il lui glissa un billet dans la main.

— Fallait pas, Don Fernando, dit-elle. Mais merci quand même. J'espère qu'il ne vous a rien manqué ; et à la... la jeune dame non plus. Eh bien, voilà... Je m'en vais. Bonne n... Au revoir à tous les deux.

— Bonsoir, Madame Minto. Et encore merci.

— 'soir! grommela Susannah sans la regarder.

Elle poussa un soupir de soulagement quand elle entendit la porte se refermer.

Fernando vint s'asseoir près d'elle sur le canapé.

— Vous ne l'aimez pas, dites? demanda-t-il.

— Je ne peux pas dire que je l'aime ni que je ne l'aime pas. Nous n'avons pas la même opinion sur certains points, c'est tout.

— Vous vous êtes disputées?

— Tout de même pas. Par exemple, elle a la plus

haute opinion de vous, mais à propos de ma présence ici, elle m'a dit : « Je n'aurais jamais cru ça de lui ! »

Fernando ferma les yeux.

— A cause de mon âge, sans doute ? Elle me trouve trop vieux ?

— Vous n'êtes pas vieux !

Il ouvrit les yeux.

— Par rapport à vous, oh, si ! Vous oubliez, Susannah, qu'il y a seize ans d'écart.

— Et alors ? L'âge n'a pas d'importance.

— Quand on a vingt-quatre ans, bien sûr. Mais chaque année apporte son lot d'expériences. Je me sens plein d'expérience quand je suis avec vous, *pequeña.*

Susannah se serra contre lui, la tête sur son épaule. Elle posa sa main au haut de sa poitrine et la caressa doucement. Ses doigts rencontrèrent une chaînette qui l'avait intriguée pendant le dîner ; elle disparaissait entre la chemise et la poitrine sombre de Fernando. Un objet devait y être accroché. Mais quoi ?

Elle tira doucement sur la chaîne et découvrit une médaille en argent. Elle se pencha pour l'examiner. Sur l'avers était représenté le fin visage d'une sainte auréolée ; sur le revers était gravé en caractères minuscules : *Pilar 1932.*

Susannah montra la médaille à Fernando en l'interrogeant du regard.

— Elle appartenait à ma mère, dit-il d'un ton grave. C'était un cadeau de mon père, à l'occasion de leur mariage. Elle me l'a donnée avant de mourir.

— Quand avez-vous perdu votre mère ?

— Il y a très longtemps... J'avais dix ans.

Elle le regarda. Elle avait du mal à l'imaginer quand il avait cet âge. Mais elle songea à la détresse que pouvait vivre un petit garçon, à la suite d'un tel chagrin. Elle remit sa tête sur son épaule.

— Elle a dû beaucoup vous manquer.

Elle le sentit se contracter.

— Il y a si longtemps de cela ! J'ai oublié mes souffrances. Une tante — l'une des sœurs de mon père

— est venue vivre avec nous. Vis-à-vis de moi, elle a rempli tous ses devoirs.

— Vos paroles évoquent une terrible froideur !

— Oui. C'est une femme de devoir, très stricte, comme il y en a tant dans mon pays. Mon père a fait tout ce qu'il a pu pour maintenir la cohésion de la famille. Mais une mère, bien sûr, ne se remplace pas.

Susannah hocha doucement la tête.

— Mon père, poursuivit Fernando, vous dirait certainement que ce deuil a eu pour moi des conséquences déplorables. Ma tante et moi... comment vous dire ? Nous n'étions pas en sympathie, vous comprenez ? Je suis devenu un enfant difficile. Quand j'ai eu l'âge que vous avez actuellement, mon père désespérait de faire de moi...

Il poussa un profond soupir et se leva brusquement.

— J'en resterai là. Je ne vais pas vous ennuyer avec ces mauvais souvenirs du passé.

— Mais si ! dit-elle avec un petit mouvement volontaire de la tête. Je veux tout, absolument tout savoir de vous.

— Je suis fatigué, répondit Fernando. Et vous ?

— Un peu...

Il lui tendit les deux mains.

— Allez, debout ! Montez vous coucher. Je vais fumer un dernier cigarillo et je vous rejoindrai dès que je l'aurai terminé.

Elle saisit ses mains et se leva. Il effleura ses lèvres d'un baiser léger et se pencha sur la table basse pour prendre son paquet de cigarillos.

Susannah traversa le living-room sans se retourner. Elle grimpa l'escalier comme une automate, les bras croisés et la tête rentrée dans les épaules, comme si elle était gelée.

Elle se démaquilla, se brossa les dents et se déshabilla dans la chambre. Elle prit dans sa valise une longue chemise de nuit en linon blanc. Elle l'avait achetée quatre mois plus tôt et ne l'avait jamais portée. Elle la revêtit, se glissa dans l'énorme lit, et éteignit la lumière.

Malgré la douce température de la chambre, elle ne parvenait pas à se réchauffer. Elle frissonna à l'idée que, dans quelques minutes, il serait là, près d'elle. Impossible, maintenant, de faire marche arrière. Elle essaya de se décontracter, de retrouver le calme éprouvé un peu plus tôt, quand elle avait la tête sur son épaule. C'était bien cela... Il allait s'allonger près d'elle... tendrement, elle poserait la tête sur son épaule...

Au même moment, elle entendit son pas dans l'escalier, et elle frissonna de la tête aux pieds. Il ouvrit la porte. Dans la pénombre, elle vit sa silhouette traverser la chambre et disparaître dans la salle de bains. Un rai de lumière filtra par l'entrebâillement de la porte. De l'eau coula...

Elle ferma les yeux et elle ne les rouvrit pas quand il s'assit près d'elle au bord du lit.

— Susannah ? Pourquoi avez-vous éteint ?

Elle eut du mal à desserrer les dents.

— Je ne savais pas... je ne savais pas que vous vouliez de la lumière.

Il soupira.

— Qu'avez-vous ? Pourquoi ne me regardez-vous pas ? Vous semblez totalement pétrifiée. Suis-je tellement terrifiant ?

— Non... non...

— Me voilà rassuré, dit-il d'un ton ironique.

Il posa ses doigts sur son cou et la caressa du pouce derrière l'oreille. Elle se détendit un peu et ouvrit les yeux. Il la découvrit doucement jusqu'à la taille ; malgré l'obscurité, il distinguait la blancheur du linon qui cachait son buste.

— Comment ! Vous avez mis une chemise de nuit ?

Elle hocha la tête et tendit vers lui ses deux mains. Du bout des doigts, elle effleura la peau chaude de son bras, de son dos.

Fernando la sentit trembler. Il hésita une seconde, avant de prendre ses deux mains dans les siennes.

— *Madre de dios !* dit-il d'une voix étouffée. Ce n'est pas possible ! Susannah ! Hier soir, vous m'avez dit...

Oui, je me souviens très bien de vos paroles : « Je n'ai jamais fait ça. » J'ai cru comprendre... Susannah ! Est-ce vrai ?

Elle hocha de nouveau la tête, en serrant les dents pour les empêcher de claquer.

— *Cristo !*

Il lâcha brusquement ses mains et se leva. Il alla fouiller dans sa valise, en retira une robe de chambre et, rapidement, cacha sa nudité.

Il chercha à tâtons le commutateur et fit jaillir la lumière, chassant du même coup toute l'intimité qui existait entre eux.

— Pourquoi ne vous êtes-vous pas exprimée plus clairement ? demanda-t-il d'une voix dure. *Dios !* Un peu plus, et je déshonorais une innocente !

Susannah se sentit atrocement mortifiée.

— Fernando, je vous en supplie, ne vous moquez pas de moi ! fit-elle dans un sanglot. Qu'ai-je fait de mal ? Vous ne voulez plus de moi ?

Fernando ferma les yeux d'un air excédé et les rouvrit aussitôt.

— Vous parlez comme une idiote ! Et ce soir, pourquoi ne m'avez-vous rien dit ?

Elle s'assit péniblement sur le lit.

— Je pensais que vous aviez tout compris hier soir, murmura-t-elle à travers ses larmes.

— Evidemment ! Mais vos paroles pouvaient très bien signifier : « Je n'ai jamais passé tout un week-end avec un homme », puisque nous étions en train de parler de Wendcombe. Et il y a tant de femmes qui le laissent croire, pour que l'homme s'imagine être le premier.

— *Vous êtes* le premier, Fernando !

— *Por dios !* J'en sais quelque chose ! Pauvre imbécile que je suis !

Il alla se camper devant la fenêtre. Un croissant de lune répandait une pâle lueur sur la campagne. Susannah regardait ses larges épaules avec un sentiment de désespoir. Elle se glissa hors du lit et courut sur la pointe des pieds jusqu'à lui.

— Fernando, supplia-t-elle. Ne soyez pas fâché contre moi. Ce n'est pas de ma faute si je réagis ainsi. C'est plus fort que moi, plus fort que mon amour. Je vous aime, Fernando !

Il se retourna lentement et l'enveloppa de son regard. Avec sa chemise blanche qui lui descendait jusqu'aux chevilles et ses longs cheveux blonds emmêlés, elle ressemblait à une petite fille.

— Restons-en là, Susannah, dit-il en essayant d'adoucir sa voix. Allez vous recoucher. Je vais dormir dans une autre chambre. Vous n'aurez plus rien à craindre de moi.

— Oh, Fernando...

Il l'écarta d'une main ferme et traversa la chambre à grands pas.

— Fernando ! Je vous aime, cria-t-elle d'une voix angoissée.

La porte claqua.

Elle pleura longtemps, la tête sous les couvertures, pour qu'il ne l'entendît pas. Elle savait qu'il était dans la chambre voisine. Enfin, elle s'endormit.

Vers trois heures du matin, elle eut un cauchemar. Elle était enfermée avec Fernando dans le cottage, comme dans une prison. Elle était certaine que c'était Fernando ; mais il avait une tête monstrueuse, une tête de taureau. Il se tenait immobile devant les flammes de la cheminée et la regardait fixement. Et, malgré son horreur, elle glissait vers lui, irrésistiblement.

Elle poussa une longue plainte dans la nuit et se réveilla. Près d'elle, la lampe de chevet s'alluma. Elle sentit le poids d'un corps sur le bord du lit et ouvrit les yeux. Fernando était en robe de chambre, tout ébouriffé.

— Pourquoi ce cri, Susannah ?

Il posa la main sur son front et la retira aussitôt.

— Vous êtes toute moite ! Vous avez dû avoir un cauchemar.

Elle revit soudain l'image hallucinante de son rêve.

— Oui… C'était effrayant ! Cette tête de taureau environnée de flammes… des flammes rouges comme du sang.

Il lui caressa la joue en souriant.

— Au lieu de vous parler des *corridas*, j'aurais dû plutôt vous raconter un conte de fées !

Elle sourit, apaisée, savourant sa caresse.

Soudain, il se leva. Elle se redressa à demi, saisit sa main et l'embrassa.

— Où allez-vous ?

Fernando fronça les sourcils.

— Vous êtes calmée. Tout va bien. Je retourne dans ma chambre.

— Oh non ! Non ! Je vous en supplie.

— Il le faut !

Assise sur le lit, le dos ployé, elle cacha son visage dans ses mains et éclata en sanglots.

— Bon, bon… Je reste. Mais nous allons dormir. Vous m'entendez : dormir !

Il s'étendit sur le lit en robe de chambre.

Peu avant l'aube, Susannah, dans un demi-sommeil, se rendit compte qu'elle était blottie contre son dos. Son corps épousait la forme du sien. Elle se rendormit profondément, le sourire aux lèvres.

6

« Mon aimée,

« Je ne reviendrai pas sur le passé. J'espère seulement que vous ne penserez pas à moi avec trop de rancœur dans l'avenir. Jamais je ne regretterai les moments que nous avons passés ensemble. J'en garderai toujours le souvenir, et je le chérirai comme un véritable trésor. Vous êtes très belle, Susannah. Un jour, vous rencontrerez un jeune homme digne de votre amour et vous oublierez tout ce qui s'est passé entre nous. Je vous supplie de croire que je vous aime, et que c'est à cause de cet amour, du profond respect que j'éprouve pour vous, que j'ai décidé de m'éloigner de vous. Je suis trop vieux pour votre tout jeune âge, Susannah. L'expérience que j'ai de la vie me permet de penser que j'ai raison. Je viens de téléphoner à Londres pour qu'un taxi vienne vous chercher à onze heures. Alors, je serai déjà loin, très loin de l'Angleterre.

« Pardonnez-moi.

Fernando ».

Susannah relut deux fois ce billet qu'elle avait trouvé sur la table basse. Puis elle s'effondra sur le divan, les yeux fixés sur une bûche calcinée. Ainsi, il était parti, vraiment parti. Elle l'avait pressenti quand, en s'éveillant, elle avait constaté qu'il n'était pas près d'elle ; et surtout quand elle avait vu que la valise de Fernando n'était plus sur l'ottomane.

Fébrilement, elle avait enfilé sa robe de chambre et s'était précipitée vers l'escalier. A la troisième marche, elle s'était arrêtée net en apercevant de loin le rectangle blanc qui contrastait avec le bois sombre de la table. Les mains sur la rampe, elle était restée longtemps sur cette marche, sans même se rendre compte que des larmes roulaient doucement sur ses joues.

Elle se leva et marcha péniblement jusqu'à la cuisine. Elle se fit du café et revint dans le living-room avec sa tasse. Elle s'assit dans un fauteuil et relut encore la lettre. Il avait écrit : « Je m'éloigne de vous »... Ce n'était peut-être pas un adieu définitif. Mais il ne précisait pas s'il la reverrait à son prochain voyage. De toute façon, il savait qu'elle allait quitter bientôt les Castana. S'il voulait la revoir, comment la retrouverait-il ?

Elle pensa à son retour. Que ferait-elle en arrivant à Londres, vers midi ? La maison serait vide, sans doute jusqu'au soir. Elle imagina son désespoir, toute seule dans sa chambre, pendant des heures interminables.

Soudain, elle eut une idée. Margaret ! Elle se raccrocha à sa grande amie, comme un noyé à une bouée. Oui, elle irait voir Margaret, Peter et leur petite fille, Janet.

— Alors, tu as... tu as couché avec lui ! Oh, Susannah, comment as-tu pu accepter une chose pareille ?

Les deux amies bavardaient dans la cuisine de la grande maison jumelée occupée par les Tullett, à Kennington. Peter, par discrétion, jouait avec Janet, dans le living-room. Susannah avait partagé leur repas. Elle n'avait pu avaler que quelques bouchées, bien qu'elle n'ait rien mangé depuis le rôti de Mme Minto.

Elles buvaient le café, assises à une petite table. Susannah regardait fixement son doigt qui traçait de vagues dessins sur le formica.

— Je t'ai dit qu'il ne s'est rien passé.

— D'accord, mais avoue que c'est un vrai miracle ! Où donc avais-tu la tête ! Quand je pense que tu connaissais ce Fernando depuis tout juste trois semaines !

— Il devait partir pour l'Espagne demain...

— Et alors ?

Susannah parvint difficilement à retenir ses larmes.

— Je l'aime, Margaret.

— Tu ne sais presque rien de lui. Tu n'as même pas son adresse là-bas.

— Je pourrais la connaître.

— Et comment ?

— Par les Castana.

— Crois-tu qu'ils te la donneraient ?

— Je ne sais pas... Oh, Margaret ! Tu ne me diras pas que tu n'as jamais eu envie de commettre une folie !

— Il ne s'agit pas de Margaret, mais de Susannah ! Je ne comprends pas. Après ce qui est arrivé à ta mère !

— Je sais, je sais.

— Ce qu'il te faudrait, c'est un solide petit ami de ton âge. Si tu étais mariée, tu ne passerais pas ton temps à rêvasser.

— Ce n'est pas le mot qui convient.

— Appelle ça comme tu voudras. Mais enfin, Susannah, tu n'es plus une gosse. Tu sais très bien qu'il y a beaucoup d'hommes qui sont toujours à l'affût de ce qu'ils appellent une « affaire ».

— Ce n'est pas le genre de Fernando !

— Comment le sais-tu ? Il est peut-être marié, avec une ribambelle de mouflets. T'a-t-il dit qu'il était célibataire ?

— Non, avoua Susannah d'une voix à peine audible.

— Et s'il était marié, es-tu sûre qu'il te l'aurait dit ?

— Oh, Margaret !

— J'essaye d'être logique, c'est tout. S'il t'aime autant qu'il le prétend, pourquoi est-il parti ?

— Il s'estime trop vieux pour moi.

— Et tu crois ça ! Depuis quand les hommes renoncent-ils à cause de leur âge à une femme dont ils ont envie ?

— Tu n'es pas juste de le comparer à ces hommes-là !

— Evidemment ! Mais dis-moi sincèrement, Susannah, penses-tu vraiment que c'est ça qui l'a arrêté ?

— Je ne sais pas. Il appartient à une vieille famille espagnole. S'il se compromettait avec une jeune Anglaise...

— Et voilà ! Maintenant, c'est la famille qui porte le chapeau. Ce n'est plus un gamin, Susannah. Tu dis qu'il a quarante ans. A cet âge, il est tout à fait vraisemblable qu'il soit marié !

Susannah se boucha les oreilles.

— Arrête ! Arrête ! Il m'aime. Je sais qu'il m'aime !

Margaret alla poser sa tasse dans l'évier, et s'approcha avec compassion de son amie. Elle lui secoua doucement l'épaule.

— Je veux bien te croire, Susannah. Sinon, pourquoi aurait-il refusé ce que tu lui offrais si généreusement ?

Susannah avait les yeux embués de larmes.

— C'est bien ce que je ne cesse de me dire !

Margaret retourna s'asseoir en face d'elle.

— Nous admettons donc qu'il t'aime. Bon. Maintenant, que vas-tu faire ? Partir pour les Etats-Unis avec les Castana ?

— Certainement pas.

— Bravo. Je te perdrais ! Il faut donc que tu te trouves un nouveau job. Je te vois mal faire une carrière de gouvernante. Tu peux entrer comme professeur dans un collège.

Susannah réussit à lui lancer un petit sourire.

— Et tomber amoureuse d'un charmant collègue que j'épouserais, comme une certaine fille que je connais.

— Pourquoi pas ? Tu ne vas pas rester vieille fille toute ta vie.

— Ça fait démodé, « vieille fille ».

— D'accord. N'as-tu pas envie d'une maison, d'une famille ?

— Bien sûr que si. Mais avec un homme que j'aimerais.

— Fernando ?

— Oui.

Quand vint l'heure où elle fut obligée de quitter ses amis, Susannah eut le cœur gros. Ces quelques heures passées dans une vraie maison, très chaleureuse, l'avaient à peu près remise d'aplomb. Elle appréhendait de se retrouver dans la solitude de sa chambre.

Les Tullett la raccompagnèrent à Lorrimer Terrace. Pendant le trajet, Margaret dit soudain :

— Puisque tu restes à Londres, pourquoi ne viendrais-tu pas vivre avec nous dès que tu auras quitté les Castana ? Tu aurais tout le temps de te trouver un logement. N'est-ce pas, Peter ?

— C'est une idée géniale ! Il y a de la place à la maison. Et Janet n'aura pas trop de deux mères. C'est un vrai diable. Pendant que vous papotiez, elle m'a tué !

Le lendemain matin, tandis que Susannah faisait travailler Eduardo, Lucie Castana entra dans la salle de classe. Une femme l'accompagnait.

— *Señorita,* je vous présente une amie arrivée hier. La *Señora* Monica d'Alvarez.

A sa grande surprise, Susannah découvrit que Monica d'Alvarez était Américaine. Elle vivait, dit-elle, en Espagne depuis des années, mais elle n'en avait pas pour autant perdu son accent. Elle devait avoir une cinquantaine d'années mais s'habillait très jeune. Ses cheveux décolorés ne convenaient pas du tout à son teint de brune ; cependant, elle ne manquait pas de charme ni d'humour. Cet humour qui manquait tant à Lucie Castana.

L'Américaine s'intéressa au travail d'Eduardo et lui posa quelques questions pertinentes en espagnol et en anglais.

— Il a fait de gros progrès dans votre langue, Miss King, dit Monica d'Alvarez. Je vous félicite. J'espère pour Eduardo que vous le suivrez aux Etats-Unis.

Susannah était en train de regarder les doigts de l'Américaine ; certains étaient tachés jusqu'à la première phalange par la nicotine. La dernière phrase l'avait fait sursauter. Elle se tourna vers Lucie Castana.

— Justement, *señora*, je dois vous dire que j'ai décidé de ne pas vous accompagner.

— Comment ! s'écria, horrifiée, la mère d'Eduardo. Puis-je savoir pourquoi ?

— Parce que j'ai l'intention de trouver un nouvel emploi, moins lointain.

Lucie l'écoutait en jouant nerveusement avec l'une de ses bagues.

— Comme vous voudrez, fit-elle sèchement. Mais avez-vous pensé que vous serez de trop ici, dès que je vous aurai trouvé une remplaçante ?

Monica d'Alvarez la regarda, étonnée.

— Ce serait beaucoup plus simple d'en trouver une sur place, à New York.

— Je tiens à ce qu'Eduardo ait une gouvernante anglaise !

— Comme je vous comprends ! répondit Monica avec un petit sourire ironique. On ne se méfie jamais assez des Américaines !

Elle feignit de ne pas remarquer l'air décontenancé de Lucie et se mit à observer pensivement Susannah.

— Dites-moi, Miss King, enchaîna-t-elle. Qu'entendiez-vous par un poste « moins lointain » ? Pensiez-vous à l'Angleterre, ou plus généralement à l'Europe ?

Susannah haussa les épaules.

— Tout dépendra de ce que je trouverai.

— Alors, c'est tout trouvé. Je vous engage.

— Vous ? glapit Lucie Castana. Que feriez-vous d'une gouvernante ? Marla a quatorze ans et elle poursuit ses études dans une institution religieuse, n'est-ce pas ?

Monica d'Alvarez sortit un paquet de cigarettes américaines, en prit une, et répondit, tout en l'allumant :

— Ouais... elle est chez les religieuses. Mais ça ne m'emballe pas tellement. Après tout, elle est aussi américaine qu'espagnole. Elle parle assez bien l'anglais...

Elle lança un regard amusé vers Lucie.

— ... pardon, elle parle l'Américain presque aussi bien que moi. Il ne me déplairait pas qu'elle ait une gouvernante de langue anglaise.

Les yeux de Lucie lancèrent des éclairs de rage.

— J'ai été élevée dans ce même pensionnat. C'est un excellent établissement.

— Ne vous fâchez pas. Je ne l'ai pas sali, votre couvent. Je veux dire seulement que Marla pourrait connaître autre chose.

Les doigts de Lucie s'énervèrent une fois de plus sur sa bague.

— Votre mari ne sera peut-être pas d'accord.

— Possible ; mais il n'est pas certain que je lui demande son avis.

Elle regarda Susannah dans les yeux.

— Alors, ma petite. Qu'en pensez-vous ? Vous êtes la première intéressée.

Depuis un moment, Susannah entendait une voix intérieure qui lui disait : « Voyons ! Le mari de Monica d'Alvarez est Espagnol. Elle vit en Espagne. Puisque sa fille fréquente le couvent où est passée Lucie, les Castana doivent être voisins des d'Alvarez. Or, Fernando est un ami des Castana. Par conséquent, il doit vivre dans la même région... »

— Ce que j'en dis ? répéta-t-elle. Je... je ne sais pas.

— Vous trouveriez là-bas une façon de vivre très différente, dit Lucie. Vous auriez beaucoup de mal à vous y habituer...

Monica l'interrompit.

— Eh là ! N'essayez pas de la décourager. Ce n'est pas parce que vous ne pouvez pas l'avoir, que je ne l'aurai pas, moi !

Susannah sentit qu'elle devait dire quelque chose.

— Dans quelle partie de l'Espagne habitez-vous ? demanda-t-elle.

— En Andalousie. A une cinquantaine de kilomètres au sud de Séville, près d'un petit village qui s'appelle Alvaridad... d'où le nom du clan auquel j'ai l'honneur d'appartenir, par le hasard d'un mariage.

Le cœur de Susannah se mit à battre la chamade. Sur le moment elle ne put que répéter sottement : « En Andalousie... » Toujours poussée par la nécessité de dire quelque chose, elle enchaîna :

— Votre fille a donc quatorze ans ?

— C'est exact.

— Y a-t-il d'autres enfants ?

— Non. Vous n'aurez guère de difficultés avec elle. Ces jeunes Espagnoles sont dressées à obéir.

Lucie allait protester, mais Monica lui fit signe de se taire, et elle reprit :

— C'est pour cela, Miss King, que j'aimerais vous la confier. Je veux qu'elle se rende compte qu'elle a un esprit bien à elle, qui a le droit de penser librement.

Lucie Castana ne put se contenir plus longtemps. Elle explosa :

— Ce que vous dites est scandaleux, Monica ! Marla est à sa place dans ce couvent, d'où sont sorties des générations de filles de bonne éducation.

— Vraiment ? Et quel est le sort qui sera réservé à Marla ? Des fiançailles... et le mariage avec un prétendant qu'on lui aura soigneusement choisi. Voulez-vous qu'elle devienne comme moi ? Comme vous ? Frustrée à en mourir d'ennui ? Mariée à un homme qui ne saura même pas qu'elle existe ? Allons, Lucie ! Reconnaissez que j'ai raison ! Vous n'aimez pas Carlos. Vous ne feriez pas tant de charme à Fernando si vous aimiez vraiment votre mari !

Fernando !

Susannah retint sa respiration. C'était bien le nom qu'avait prononcé Monica d'Alvarez. Et elle avait suffisamment remarqué les tentatives de flirt de Lucie, pour comprendre qu'il pouvait s'agir uniquement de Fernando Cuevas. Ce qui signifiait que Monica le connaissait !

— Monica ! Vous allez trop loin ! s'écria Lucie.

— Okay, okay ! Je m'en tiens là. Mais, vous le savez très bien, j'ai raison.

Elle se tourna une fois de plus vers Susannah.

— Alors, ma chérie ? Combien de temps vous faut-il avant de prendre une décision ?

Au même instant, la bonne frappa à la porte.

— Excusez-moi, dit-elle. Il y a en bas un monsieur qui demande la *Señora* d'Alvarez.

— A-t-il donné son nom ? demanda Monica.

— Oui, *señora ;* monsieur Rosenberg.

— Max ! C'est Max ! Lucie, vous entendez ? Max est ici. C'est merveilleux !

Susannah soupira. Monica allait partir. Et elle aurait vite fait d'oublier sa proposition.

La *Señora* d'Alvarez se retourna avant de franchir la porte.

— Miss King ! dit-elle. Je viendrai prendre votre réponse un peu plus tard. Ne vous inquiétez pas pour les appointements. Je doublerai la somme que Lucie vous donnait. Et je vous verserai un mois d'avance. Evidemment les frais du voyage seront à notre charge. A tout à l'heure.

— *Señora !* Ne partez pas !

Susannah avait fait un pas en avant, les poings serrés. Elle déclara :

— J'accepte d'être la gouvernante de Marla !

7

L'avion où avait pris place Susannah se posa sur la piste de l'aéroport de Séville vers la fin de l'après-midi. La chaleur, encore lourde, était moins pénible à supporter qu'à Madrid, où elle avait dû attendre pendant la correspondance plus d'une heure. Elle avait avec elle une petite valise, qu'elle avait pu garder dans l'avion. Sa malle avait quitté Londres quinze jours plus tôt et devait déjà être arrivée à Alvaridad.

Deux mois s'étaient écoulés depuis qu'elle avait accepté d'être la gouvernante de Marla. Les Castana ne l'avaient gardée que huit jours, le temps de lui trouver une remplaçante... huit journées fiévreuses, où elle avait dû supporter la hargne de Lucie. Monica d'Alvarez était retournée en Espagne après avoir laissé à Susannah un mois de salaire, comme elle le lui avait promis ; elle s'était également occupée de l'organisation du voyage de sa gouvernante.

Autant Susannah détestait la mère d'Eduardo, autant elle éprouvait de la sympathie pour celle de sa future élève. Elle aimait ses façons franches et directes, son intelligence et son sens de l'humour. Peut-être était-elle parfois un peu trop brusque, trop mordante ; mais ces défauts étaient plus faciles à supporter que le despotisme borné et la méchanceté de Lucie.

Cette dernière lui avait dit un jour :

— Vous vous faites des illusions sur la *Señora* d'Alvarez, *Señorita* King. Vous déchanterez vite ! Ses airs émancipés cachent une grande dépravation. Elle a eu des dizaines d'amants. Ce Max Rosenberg qu'elle a vu à Londres est l'un d'eux. Et quel caractère ! Vous en aurez vite assez !

Susannah avait terminé ce dernier mois londonien chez les Tullett ; et là, elle avait eu des soucis d'un autre ordre. Margaret, en effet, estimait que son amie avait commis une folie en acceptant ce poste en Espagne. Elle avait fait tout son possible pour l'amener à changer d'avis.

Mais Susannah, malgré la sagesse de certains arguments avancés par Margaret, avait été incapable de revenir en arrière. Oui, c'était sans doute une folie. Mais, si elle renonçait à ce séjour en Andalousie, elle devrait se résigner à se demander toute sa vie pourquoi Fernando l'avait abandonnée si brutalement. Peut-être était-il marié, comme le soutenait Margaret avec insistance ; mais, chaque fois qu'elle y songeait, Susannah ne pouvait aboutir à une certitude. Elle devait aller là-bas chercher la vérité. Et si elle découvrait qu'il était bel et bien marié ? Elle était incapable, alors, de prévoir sa réaction.

— *Señorita King, por favor ?*

Elle se retourna brusquement. Elle venait tout juste de remplir les formalités de police et de douane quand elle avait entendu prononcer son nom. L'homme qui avait parlé leva sa casquette quand elle lui répondit qu'elle était effectivement la *Señorita* King. Il était grand et maigre et avait un air matois qui déplut à Susannah. Il se présenta :

— Pedro Morales, *señorita.*

Puis, serrant des deux mains sa casquette sur sa poitrine, il déclina :

— *El chofer de* Don Fernando Ramirez Esteban Cuevas d'Alvarez, *a su disposicion !*

Les doigts de Susannah se crispèrent sur la poignée de sa valise. Dans ce flot de paroles, elle avait saisi deux noms : Fernando et Cuevas ! Qu'est-ce que cela pouvait bien signifier ? Qu'il s'agissait de deux noms très répandus dans cette partie de l'Espagne ? A moins que ce chauffeur en livrée ne fût un employé de Don Fernando Cuevas... L'énigme serait certainement éclaircie un jour...

Elle demanda à l'homme s'il parlait anglais... il lui répondit par une longue phrase en espagnol, débitée rapidement, à laquelle elle ne comprit rien. Pendant qu'il mettait sa valise dans le coffre de la limousine noire, elle remarqua, sur la portière, le blason des Alvarez : un aigle déployé surmonté d'une couronne.

Le chauffeur prit la route du sud. Susannah fut déçue de ne pas traverser Séville. Déçue aussi de ne pas pouvoir interroger l'homme sur les Alvarez et leurs relations avec ce Fernando Cuevas qui était son maître. Puis elle se dit que cela valait peut-être mieux. L'Espagnol ne lui inspirait pas confiance. Peut-être répéterait-il toutes ses paroles à ses employeurs...

Il faisait presque nuit quand la voiture quitta la grand-route à angle droit, pour s'engager dans une large allée bordée de cyprès, éclairée de loin en loin par des lanternes cylindriques.

Ils s'arrêtèrent devant une immense grille en fer forgé, encastrée dans une haute muraille qui s'étendait à perte de vue, à droite comme à gauche. Le chauffeur donna un long coup d'avertisseur. Trente secondes plus tard, un homme arriva en courant et ouvrit les deux battants de la grille. La voiture décrivit lentement une grande boucle pour venir s'arrêter parallèlement à un large escalier de marbre qui menait à une terrasse illuminée.

Susannah descendit de la limousine, très impressionnée et de plus en plus intriguée par ce qui l'attendait dans ce domaine fabuleux. Le chauffeur prit la valise dans le coffre et fit signe à la jeune fille de le suivre.

Elle traversa la terrasse entre deux rangées d'urnes monumentales, et découvrit la demeure des Alvarez, un long bâtiment d'un étage qui occupait tout le fond de la terrasse.

Suivant toujours Pedro Morales, elle passa sous une voûte et s'arrêta, le souffle coupé. Contrairement à ce qu'elle croyait, la demeure ne se limitait pas à l'édifice qu'elle venait de traverser. Elle avait devant elle un patio féérique, doucement éclairé par des lampes mauresques ; la grande cour carrée était fermée par le bâtiment qu'elle avait laissé derrière elle et trois autres, identiques. Tout autour du patio couraient des arcades dont le toit servait de balcon aux pièces du premier étage. Susannah était bouleversée par tant de beauté.

Pedro Morales se retourna, étonné de voir qu'elle ne le suivait pas, et il lui fit signe d'avancer. Tandis qu'elle traversait le patio par une allée de dalles bleutées, elle comprit l'origine d'un léger murmure, d'une douce musique qui avaient attiré son attention dès qu'elle avait franchi la voûte : elle aperçut, sur sa droite, un jet d'eau jusqu'alors dissimulé par des palmiers et des massifs de bougainvillées. A l'aplomb de la vasque de porphyre où l'eau retombait en pluie, les yeux de Susannah furent attirés par une certaine fenêtre de l'étage, qui venait de s'éclairer ; une silhouette noire, imposante, se dessinait en contrejour derrière le rideau.

Susannah se sentit observée. Elle détourna la tête, comme pour éviter des yeux gênants. Quand elle regarda de nouveau la fenêtre, la silhouette avait disparu. Pourquoi avait-elle été troublée par cette apparition fugitive ? Peut-être avait-elle rêvé ? Elle avait les nerfs fatigués, mais tout de même pas au point d'avoir une hallucination ! Elle s'interrogeait avec angoisse sur les mystères que lui cachait cette demeure grandiose.

Soudain, à dix mètres devant elle, au bout de l'allée, les deux battants d'une grande porte en bois sculptée s'ouvrirent. Une femme, longue et sèche, toute vêtue de noir s'avança vers Susannah. Avec ses cheveux grisonnants rassemblés en chignon sur l'occiput, son nez crochu et ses petits yeux perçants, elle était le type même de la duègne. Elle garda les mains croisées sur sa poitrine et ne fit pas même un signe de tête quand elle dit, dans un anglais passable :

— Soyez la bienvenue, Miss King. Je suis la *Señora* Gomez, l'intendante de la maison de Don Fernando.

Susannah s'obligea à sourire, et elle allait répondre quand la femme enchaîna :

— Suivez-moi. Je vais vous montrer votre chambre.

Pedro Morales les avait déjà précédées dans la maison, avec la valise. Susannah pénétra derrière l'intendante dans un hall immense, illuminé par quatre lustres. Le sol était fait de carreaux de marbre, noirs et blancs. Les caissons du plafond légèrement voûté étaient peints en rouge et or. L'escalier de marbre, à double révolution, avait une rampe en fer forgé qui dessinait de fines arabesques.

— Le personnel évite d'emprunter cet escalier, dit la *Señora* Gomez, à moins d'être accompagné par l'un des maîtres. Le nôtre est là-bas, au fond du couloir.

Elles prirent à droite, et Susannah aperçut le petit escalier de bois en hélice, dissimulé dans un renfoncement d'angle. Le couloir qu'elle suivait était bordé d'un côté par des fenêtres qui donnaient sur le cloître du patio, et de l'autre par de hautes portes ; à en juger par leur espacement, elles devaient s'ouvrir sur des pièces immenses.

En débouchant à l'étage, Susannah vit un couloir interminable qui, cette fois, donnait non pas sur le patio, mais sur l'extérieur.

— Cette aile est réservée au personnel, fit l'intendante. La porte fermée que vous voyez là donne sur les appartements des maîtres.

Vers le milieu du couloir, elles s'arrêtèrent devant une porte.

— Voici votre chambre, dit la duègne en tournant la poignée de cuivre.

Elle donna la lumière, et Susannah fut émerveillée par ce qu'elle vit. Le décor moderne de la pièce contrastait avec son plafond lambrissé. Les murs étaient blanc mat ; le lit, bas et large, était couvert d'un gros tissu abricot dont étaient faits également les rideaux de la porte-fenêtre. Le mobilier, en chêne foncé, comportait deux fauteuils, quatre chaises, une commode et une grande armoire à glace. Sur la table-bureau, couverte d'une laque d'un vert acide, était posé un grand sous-main en cuir noir.

Susannah constata avec soulagement que sa malle était arrivée, de même que sa valise, que Pedro Morales avait rangée tout à côté. Elle sourit à la femme en noir.

— C'est très, très beau !

La *Señora* Gomez désigna une petite porte en chêne à moulures.

— Votre salle de bains est là. Et vous pouvez, évidemment, disposer de la terrasse. Bien. Les repas vous seront servis ici. A propos, voulez-vous du café ?

— Volontiers !

— Je vous l'enverrai par une femme de chambre qui s'occupera plus particulièrement de vous. Elle vous accompagnera auprès de la *señora* quand vous aurez fait un peu de toilette.

La *señora ?* Quelle *señora ?* se demanda Susannah. Il s'agissait vraisemblablement de Monica d'Alvarez... Mais cet accueil cérémonieux ne ressemblait guère à l'Américaine. Elle s'interdit de questionner la duègne, comme elle l'avait fait avec Pedro Morales, et pour la même raison.

La *Señora* Gomez fit deux pas vers la porte ; puis elle se retourna et, fixant Susannah de ses yeux durs :

— En tant qu'intendante, dit-elle, j'ai la haute main sur *tout* le personnel. Mais comme vous êtes la gouvernante de la *Señorita* Marla, je vous traiterai néanmoins en égale.

Susannah réprima un sourire et répondit par un léger signe de tête.

Dès qu'elle fut seule, elle explora rapidement son domaine. La salle de bains était digne de la chambre. Les murs étaient couverts de carreaux de céramique blancs. Le lavabo était moderne, mais le galbe de la grande baignoire et ses pieds de griffon évoquaient une autre époque. Un rideau abricot fermait la douche.

Susannah alla ensuite ouvrir la porte-fenêtre et s'avança sur le balcon. Pendant quelques minutes, elle resta accoudée à la balustrade. Sous ses yeux s'étendait le patio, toujours éclairé. Sa chambre était située sur une aile latérale. Elle pouvait voir maintenant quatre jets d'eau, disposés symétriquement, aux coins du patio. La fenêtre où était apparue cette silhouette, qui l'avait tant troublée à son arrivée, devait certainement se trouver sur la façade qu'elle avait devant elle. Elle ne parvint pas à l'identifier. Plusieurs fenêtres de l'étage étaient éclairées, et toutes avaient leurs rideaux tirés.

Elle prit une douche bienfaisante et choisit dans sa valise une robe bleu marine toute simple. Elle était en train de tirer la fermeture à glissière quand on frappa à la porte. Elle alla ouvrir.

— *Buenas tardes, señorita.*

La jeune bonne, noire comme un pruneau, qui venait d'entrer, alla poser son plateau sur la table.

— Bonsoir ! Comment vous appelez-vous ? demanda Susannah.

— Maria, *señorita,* répondit-elle en faisant mine de se retirer.

— Eh bien ! Maria ! Où allez-vous ?

— La *Señora* Gomez m'a dit de vous conduire au salon de la *Señora* d'Alvarez. Je vais vous attendre dans le couloir...

— Ah, non, Maria ! Restez donc ici. J'en ai pour une minute.

Elle but la tasse de café apportée par la jeune bonne. Un café très noir, épais, bien espagnol. Puis elle alla finir de se préparer dans la salle de bains.

Suivie de Susannah, Maria, qui avait repris le plateau, descendit l'escalier de service. Arrivée au rez-de-chaussée, elle posa le plateau sur une table, à l'entrée du couloir qui était situé sous l'étage réservé au personnel. C'était là, se dit Susannah, que devaient se trouver les cuisines et les autres pièces des communs.

Ensuite, Maria s'engagea dans le couloir noble. Elles traversèrent le hall, et, au coin opposé à l'escalier de service, tournèrent à gauche. La jeune bonne frappa à la première porte.

— *Entrar !*

Susannah sursauta. La voix qui venait de répondre de l'intérieur ne pouvait pas être celle de Monica d'Alvarez !

Maria ouvrit la porte et annonça :

— La *Señorita* King, *señora !*

Et elle poussa doucement Susannah qui hésitait à entrer.

Non. La femme qui était assise là, sur un canapé rayé vert et crème, n'était pas Monica. Elle semblait avoir plus de soixante-dix ans. Ses cheveux blancs étaient tirés en arrière. Elle portait à son cou, recouvert d'une guimpe, à ses poignets et à ses doigts, une véritable fortune de diamants.

Elle se leva avec aisance et s'avança vers Susannah. Sa démarche était pleine de noblesse.

— Eh bien ! Miss King, dit-elle en tendant la main, j'espère que vous avez fait un excellent voyage ?

— Excellent, *señora.*

Elle prit la main de la vieille dame dans la sienne. Seules les bagues avaient de la consistance.

— Asseyez-vous, je vous en prie.

Elle retourna à son canapé, et Susannah s'assit en face d'elle dans un fauteuil.

— Ainsi, *señorita,* vous avez l'intention de contribuer à l'éducation de Marla ?

C'était une façon bien étrange d'entamer l'entretien. Susannah avala difficilement sa salive et répondit :

— C'est l'unique raison pour laquelle je suis ici, *señora.*

— Tout vous permet, en effet, de penser cela.

L'inconnue fixa un moment les yeux de Susannah et dit, comme s'il s'agissait d'une chose naturelle :

— Je tiens à préciser tout de suite, *señorita,* que nous ne sommes pas du tout d'accord.

Susannah allait lui demander ce qu'elle entendait par ce « nous », quand l'autre enchaîna, se rendant sans doute compte de sa stupéfaction.

— Je veux parler de mon neveu et de moi-même, *señorita.*

Et, comme la jeune fille paraissait de plus en plus étonnée, elle ajouta :

— Mon neveu est le père de Marla.

Susannah ne put soutenir plus longtemps le regard hostile qui la scrutait. Ses yeux errèrent sur la tapisserie en camaïeu brun clair qui couvrait les hauts murs et s'arrêtèrent sur un magnifique pare-étincelles japonais, posé devant la grande cheminée de marbre. La vieille dame disait maintenant, avec un sourire forcé :

— La femme de mon neveu — vous la connaissez, n'est-ce pas ? — est très impulsive. Et très obstinée. Elle refuse d'admettre que Marla est Espagnole et qu'elle ne sera jamais Américaine ; Marla est l'unique héritière de ce domaine et, comme telle, se doit de respecter des siècles de traditions. Elle poursuivra donc ses études au couvent. Exclusivement. Ce qui signifie que vous ne resterez pas longtemps parmi nous.

Susannah sursauta, indignée.

— Dois-je comprendre que vous me chassez ?

— Oh ! Le vilain mot ! dit la vieille dame en souriant. Non, personne ne vous « chassera ». Mon neveu vous fera part de sa décision.

— Puis-je me retirer, *señora ?*

— Certainement, *Señorita* King. Votre repas vous sera apporté à neuf heures dans votre chambre.

Susannah, les joues brûlantes, les jambes tremblantes, envia la parfaite maîtrise de soi de la vieille dame. Quelle invraisemblable situation, pensait-elle. Où donc pouvait être Monica d'Alvarez ? Et pourquoi l'avait-elle engagée sans consulter d'abord son mari, ou la tante de son mari.

— Ah ! J'oubliais, *señorita,* lança cette dernière, alors que Susannah était à mi-chemin de la porte. Mon neveu voudra certainement vous voir après le dîner, avant que vous ne rencontriez Marla. Tenez-vous prête. Je vous ferai prévenir.

Sans un mot, Susannah alla jusqu'à la porte. Au moment où elle allait ouvrir, la poignée tourna toute seule. Elle faillit se cogner à un homme qui la contourna sans la regarder et traversa la pièce à grandes enjambées. Il portait une chemise de soie noire, au col déboutonné, et un pantalon moulant de whipcord enfoncé dans des bottes, le tout également noir.

Susannah, bouleversée, regagna sa chambre. Tout tournait dans sa tête. Mais, maintenant, elle avait une certitude : la silhouette qu'elle avait vue à la fenêtre du patio, en arrivant tout à l'heure, était bien celle de Fernando !

8

Susannah se demanda comment elle avait pu aimer cette chambre. Maintenant, elle la détestait. Elle détestait tout ce qui s'y trouvait, et toute cette grande demeure... et, par-dessus tout, Don Fernando d'Alvarez !

Elle avait été incapable de toucher à l'excellent dîner que Maria lui avait apporté une heure plus tôt. Elle s'était passé le visage à l'eau fraîche, avait fait les cent pas dans la pièce, s'était allongée sur le lit pour essayer de retrouver son calme.

Elle se disait qu'elle n'avait été qu'une imbécile. Comment avait-elle pu négliger tous les indices qui s'étaient accumulés depuis son arrivée à Séville. Il était tellement évident que ce « Fernando d'Alvarez » était le mari de Monica, le père de Marla !

Elle se laissa tomber dans un fauteuil, la tête dans les mains. Dieu merci, il ne voulait pas d'une gouvernante anglaise pour son enfant. Jamais elle n'aurait pu rester à Alvaridad... le voir tous les jours, l'observer en compagnie de Monica, s'occuper de *leur* fille !

Soudain, elle sursauta. On avait frappé à la porte. C'était Maria.

Susannah lui fit signe qu'elle pouvait emporter le plateau.

— Je ne viens pas pour cela, *señorita.* Don Fernando désire vous voir. Voulez-vous me suivre ?

Susannah ne put que répéter :

— Vous dites que Don Fernando... veut me voir?

— *Si, señorita.* Mais vous pouvez terminer votre repas.

— Merci. Je n'ai pas faim.

Dans le couloir principal du rez-de-chaussée, Maria s'arrêta devant une porte, la dernière avant le grand escalier. Elle la montra en disant :

— *El estidio de* Don Fernando, *señorita.*

Le bureau de Fernando ! Susannah prit profondément sa respiration et frappa deux coups secs qui lui firent mal aux jointures.

Elle referma la porte derrière elle, et, sans savoir pourquoi, s'immobilisa en tenant d'une main la poignée. Elle ne voyait que le dos de Fernando. Il était campé devant un grand tableau accroché au milieu du pan de mur qui séparait les deux fenêtres. Les autres murs étaient entièrement garnis de livres reliés. Sans se retourner, il dit d'une voix de commandement.

— Asseyez-vous, *señorita !*

Susannah crispa la main sur la poignée de cuivre qu'elle n'avait pas lâchée. Une bouffée de rage lui donna envie de fuir. C'est ce qu'elle aurait fait si elle n'avait aperçu, dans le coin le plus éloigné de la pièce, une jeune fille aux cheveux noirs assise sur le bord d'un fauteuil. Ce coin était dans la pénombre. Seule une lampe, posée sur le bureau d'ébène rehaussé de nacre, éclairait la pièce.

Fernando se retourna et fronça les sourcils en constatant que Susannah n'avait pas bougé. Il se ressaisit et répéta d'une voix contenue :

— Asseyez-vous *señorita.* Je vous en prie.

Susannah prit place dans le fauteuil qu'il désignait, devant le bureau. En tournant légèrement la tête à gauche, elle pouvait voir Marla, car il ne pouvait s'agir que de son élève. L'adolescente avait le teint plus jaune que brun. Elle regardait ses mains, posées à plat sur ses genoux. Sa robe plissée, en fin drap prune, boutonnée jusqu'au cou, semblait dater d'un siècle.

Fernando alla se placer derrière son bureau. Il resta debout.

— *Señorita,* commença-t-il, je sais que vous vous êtes entretenue avec ma tante. Elle vous a dit, n'est-ce pas, que ma femme vous a engagée à notre insu ?

Susannah s'enfonça les ongles dans les paumes de la main. Elle se souvenait des confidences de Fernando... A la mort de sa mère, une tante avait pris la famille en charge. Une tante dure, très stricte, qui l'avait fait souffrir... et qui ne pouvait être que la *Señora* d'Alvarez qu'elle avait vue un peu plus tôt. Et c'est avec cette tante qu'il s'était allié contre sa femme !...

— *Señorita,* je vous ai posé une question.

— Oui... Votre tante me l'a dit.

— Bien. Marla est élève du couvent de l'Asuncion. Contrairement à ce que pense ma femme, elle n'a absolument pas besoin d'une autre formation.

— Votre femme, je le sais, estime que les méthodes d'éducation espagnoles sont...

Elle faillit dire « vieux-jeu », et se reprit.

— ... sont très restrictives.

Fernando frappa des deux poings le dessus de son bureau. Ses yeux lancèrent des étincelles.

— Je n'ignore rien de l'opinion que ma femme peut avoir en ce qui concerne tout ce qui est espagnol !

Il souleva les épaules, puis, calmé, posa ses mains à plat sur le bureau.

— Je voudrais connaître votre opinion, à vous, sur l'éducation de Marla.

Susannah le défia du regard.

— Je suis tout à fait d'accord avec votre femme, *señor,* dit-elle tranquillement. De toute façon, il me semble que Marla est la première intéressée ; elle devrait avoir le droit de dire ce qu'elle en pense.

Fernando lui lança un regard mauvais.

— Je peux vous affirmer que Marla est heureuse au couvent !

— Vraiment ? Lui avez-vous demandé son avis ?

Fernando prit un cigarillo dans un coffret d'ivoire

ciselé et l'alluma nerveusement, les sourcils froncés. Susannah eut envie de sortir de la pièce. Pourquoi discutait-elle avec cet étranger, oui, cet étranger, de l'avenir de Marla. Elle avait l'impression de se mêler de ce qui ne la regardait pas. Si seulement Monica d'Alvarez était là ! Elle se serait du moins rendu compte qu'il était vain d'espérer changer le destin de Marla.

— Approche-toi, Marla, dit Fernando.

L'adolescente se leva aussitôt et vint à côté de son père. A quatorze ans, elle semblait avoir déjà sa taille définitive. Susannah regarda attentivement ses traits. Qu'avaient-ils donc de commun avec ceux de Fernando ? Et pourtant, la ressemblance était certaine.

— Alors, Marla. Tu as entendu ce que vient de dire la *Señorita* King ? Elle estime que tu n'es pas heureuse au couvent.

— Je suis heureuse, papa.

Fernando leva un sourcil.

— Est-ce bien vrai, Marla ?

— Oui, papa.

Susannah se sentit brusquement découragée. Elle perdait son temps. Qu'est-ce que Marla aurait pu répondre d'autre ? On lui avait appris à obéir à ses aînés. Bien sûr, elle devait être heureuse au couvent ! Ou résignée à son sort. Le couvent était son seul horizon.

Susannah se leva d'un air décidé.

— S'il en est ainsi, *señor,* il ne me reste plus qu'à me retirer dans ma chambre et à préparer mes bagages. Je me vois obligée de vous demander l'hospitalité pour la nuit. Mais, demain matin, je téléphonerai à l'aéroport de Séville et je partirai par le premier avion.

Elle vit un éclair de violence dans les yeux de Fernando.

— *Basta !* s'écria-t-il. Ne soyez pas si pressée, *señorita !* Vous ne pouvez pas partir d'ici avant le retour de ma femme. C'est elle qui vous a engagée, non ?

— Mais la *Señora* d'Alvarez... je veux parler de votre tante, m'a dit...

— Peu importe ce qu'a pu dire la *Señora* d'Alvarez, *señorita*. Vous resterez ici, du moins jusqu'à son retour.

— C'est-à-dire jusqu'à quand ?

— Je n'ai aucune certitude. Dans quelques jours, peut-être, ou dans une semaine. Qui peut savoir quand elle se résignera à retrouver l'ennui de ma maison ?

Susannah jeta un coup d'œil à Marla. Aucune émotion ne se peignait sur son visage. Elle semblait ne pas avoir compris ce que venait de dire son père. On lui avait appris à ne pas se mêler des histoires des grandes personnes...

— Je ne peux pas rester, *señor*, dit enfin Susannah.

— Vous resterez ! A moins que l'intérêt que vous venez de manifester à l'égard de Marla ne soit pas sincère.

Susannah le regarda droit dans les yeux.

— Vous savez, *señor*, vous savez très bien que je ne peux pas rester.

— Je ne sais rien du tout ! Seriez-vous femme à capituler dès le premier obstacle ?

Elle lança à Marla un regard désespéré.

— Je... Votre fille désire-t-elle que je reste ?

Fernando prit la main de Marla.

— Je te laisse le soin de répondre. Veux-tu que je te retire momentanément du couvent pour que tu puisses travailler avec la *señorita* ?

Marla ouvrit les lèvres et les referma aussitôt. Ses longs cils noirs cachèrent l'expression de ses yeux.

— Je m'en remets à votre décision, papa.

— C'est tout décidé. *Señorita*, vous resterez jusqu'au retour de la *Señora* d'Alvarez !

Susannah eut un geste d'impuissance.

— Et comment voulez-vous que je fasse travailler Marla, *señor* ? Je n'ai pas les mêmes méthodes que les sœurs du couvent. Je ne connais pas le niveau de Marla. Il faut établir un plan de travail, un programme. Et je ne disposerais que d'une semaine ? C'est insensé !

— Nous reparlerons de tout cela demain matin.

Marla est fatiguée. Et je suppose que vous l'êtes également, après votre voyage.

— Puis-je me retirer, *señor*?

— Comme vous voudrez, *señorita.*

Susannah alla jusqu'à la porte. Elle sentait dans son dos le regard de Fernando. Tout en ouvrant la porte, elle se retourna.

— Bonsoir, *señor.* Bonne nuit, Marla.

La jeune fille lui rendit son regard. Un pâle sourire effleura ses lèvres.

— Bonne nuit, *señorita.*

Avant de s'endormir, Susannah se tourna et se retourna cent fois dans son grand lit. Elle essayait en vain de voir clair dans la situation. Comment ! Fernando, qui était censé se débarrasser d'elle à la première occasion, l'obligeait à rester ! Il l'avait traitée avec insolence, avec mépris, lors de leur première rencontre ; et voilà qu'il inventait des prétextes pour l'empêcher de partir ! Il était pourtant évident qu'il ne pouvait souhaiter sa présence à Alvaridad ; et, de son côté, Susannah n'avait pas la moindre envie de prolonger son séjour. Comment avait-elle pu imaginer qu'un homme comme Fernando Cuevas était célibataire, dans un pays qui accordait tant d'importance à la vie de famille ? Mais il semblait si sincère, à Londres et à Wendcombe, qu'elle avait voulu le croire sans attaches... Cette nuit passée au cottage ! Si près de Monica d'Alvarez qui était arrivée dans l'après-midi chez les Castana ! Susannah frémit à l'idée que, cette nuit-là, elle avait été à deux doigts de commettre l'irréparable. Il n'avait tenu qu'à Fernando de franchir le pas. Pourquoi, au dernier moment, n'avait-il pas abusé de son innocence ? Un sursaut de conscience, sans doute !

Elle agita nerveusement les jambes, comme pour chasser toutes ces questions qui restaient sans réponse. D'autres pensées l'assaillirent.

Pourquoi Fernando tout à l'heure, s'était-il assuré de la présence de Marla ? Avait-il besoin d'un témoin ?

« Bien sûr ! se dit Susannah. Il avait peur que je ne le replonge dans l'atmosphère si intime de Wendcombe ; que je ne l'interroge sur sa fuite au petit matin ! »

Et Monica, où était-elle donc ? En compagnie de Max Rosenberg ? Pendant les derniers jours qu'elle avait passés chez les Castana, Susannah avait remarqué l'assiduité de cet homme auprès de Monica. Qu'avait donc dit Lucie à leur sujet ? Ah oui ! Max était un de ces artistes crève-la-faim qui pullulent en Espagne. C'était là que Monica l'avait connu, sans doute. Monica était de toute évidence plus âgée que Fernando. Elle devait être flattée que d'autres hommes la trouvent encore séduisante.

Mais alors ? Cela supposait que Fernando se désintéressait de sa femme. Comment croire cela ? Sa lettre de rupture prouvait qu'il voulait protéger son mariage. Et, tout à l'heure, en l'obligeant à rester, n'avait-il pas défendu les intérêts de Monica ?

Susannah fronça les sourcils dans l'obscurité. Elle venait de se souvenir de l'amertume de Fernando quand il avait évoqué le retour de sa femme.

Plusieurs fois dans la nuit, elle se réveilla pour fouiller ses souvenirs, agiter ses pensées. Mais elle n'aboutissait nulle part.

Il était plus de huit heures quand des coups frappés à sa porte l'arrachèrent à son sommeil. La chambre fut inondée de lumière quand Maria écarta les grands rideaux abricot.

— *Buenos dias, señorita !* dit joyeusement la petite bonne. La *Señora* Gomez m'a dit de vous apporter votre petit déjeuner.

— Merci, Maria.

Susannah se redressa sur un coude et, de sa main libre, protégea ses yeux de l'ardeur du soleil. Elle vit le plateau que Maria avait posé sur la table de nuit : un grand bol de café noir, des petits pains coupés en deux et grillés, des bouclettes de beurre et de la confiture. Elle prit sa montre, près du plateau. Brusquement, elle repoussa les draps et s'assit au bord du lit.

— Huit heures vingt ! s'écria-t-elle. Ce n'est pas possible !

Elle but une gorgée de café, puis :

— Dites-moi ? demanda-t-elle. A quelle heure commencent les cours de la *Señorita* Marla, au couvent ?

Maria avait déjà la main sur la poignée de la porte.

— A huit heures, répondit-elle. Mais, avant, il y a la messe.

— Alors, elle doit être partie depuis longtemps ?

— Non, *señorita*. La *Señora* Gomez m'a dit qu'elle n'irait pas au couvent aujourd'hui, ni les jours suivants. Don Fernando veut que vous fassiez travailler *la niña*.

Maria entrouvrit la porte, prête à sortir de la chambre.

— Attendez, attendez... Quel est mon programme, après le déjeuner ? A quel endroit ferai-je travailler Marla ?

— Elle a son bureau à cet étage... Là-bas, de l'autre côté du patio. C'est sans doute là que vous lui donnerez ses leçons.

— Vous me montrerez où il est ?

Maria hésita.

— Je dois d'abord en parler à la *Señora* Gomez. C'est elle qui a reçu les consignes. Après, je reviendrai vous voir.

— Merci, Maria, dit Susannah en souriant. Vous êtes très gentille.

Elle n'avait rien mangé, depuis le maigre repas qui lui avait été servi la veille dans l'avion, et elle fit honneur au petit déjeuner apporté par Maria. Le soleil avait déjà chauffé les dalles de la chambre. L'air embaumait de la senteur du jasmin qui montait du patio. Tout l'incitait à oublier les questions angoissantes de la nuit.

Après sa douche, elle vida sa malle et sa valise, et rangea toutes ses affaires dans l'armoire. Puis elle enfila la jupe grise et le chemisier blanc qui étaient un peu son uniforme en Angleterre. Elle se brossa longuement les cheveux et les attacha sur la nuque avec plusieurs épingles. Elle finissait de se maquiller quand Maria revint.

— Je vais vous conduire auprès de la *Señorita* Marla, dit la jeune bonne. Si vous voulez me suivre ?

A son grand étonnement, Susannah se retrouva devant la porte du salon où elle avait affronté la vieille dame revêche. Serait-elle condamnée à ne rencontrer son élève que devant témoin ?

Elle fut tout de suite rassurée. Marla était seule. Elle était assise, très raide, sur le bord d'un fauteuil, les mains croisées sur les genoux. Elle portait une robe de grosse toile bleu marine, à larges plis et à col blanc empesé. La robe descendait presque aux chevilles, et les manches étaient boutonnées au poignet. Il faisait pourtant très chaud. Comment pouvait-on obliger une fille de cet âge à ne pas exposer davantage son corps au soleil ? Susannah était scandalisée.

— Bonjour, Marla, dit-elle.

L'adolescente leva le menton.

— *Buenos dias, señorita.*

— Si nous parlions anglais dès maintenant, Marla ? Vous l'avez fait hier soir, et c'était très bien.

— *Si, señorita.*

Elle se mordit la lèvre et se reprit, avec un petit sourire :

— Oui, Miss King.

Susannah regarda avec ennui autour d'elle.

— Est-ce ici que nous travaillerons ?

— Oh non ! Nous irons dans la pièce qui me sert de bureau, près de ma chambre, là-haut. Mais mon père m'a dit que, ce matin, je devais vous montrer les jardins.

— Très bien. Comme cela, nous pourrons faire connaissance. Par où commençons-nous ?

Marla se leva et lissa les plis de sa jupe.

— Voulez-vous voir la pièce d'eau ?

— La pièce d'eau ? Bien sûr !

Elles sortirent du salon. Dans le couloir, Marla ouvrit une porte-fenêtre. Elles traversèrent le cloître, puis l'angle du patio, en direction de la grande porte où, la veille, Susannah avait été accueillie par l'intendante. En face de cette porte, de l'autre côté du hall, sous la double courbe de l'escalier, s'en trouvait une autre, presque aussi grande.

Marla ouvrit cette porte. Susannah crut rêver. Devant elle s'étendait une immense pièce d'eau rectangulaire entourée de trois côtés d'une double rangée d'arcades de style mauresque, le quatrième côté étant formé par le bâtiment principal qu'elle venait de quitter.

Marla la regardait intensément, guettant sa réaction.

— Jamais je n'ai rien vu d'aussi beau ! s'écria Susannah.

— Oui, c'est très beau, répéta Marla avec un enthousiasme dont Susannah ne l'aurait pas crue capable.

L'eau paisible reflétait les touffes de bougainvillées qui bordaient l'étang, ainsi que les fines colonnes multicolores des arcades. Susannah et sa compagne s'engagèrent sous la galerie. Le sol était de marbre blanc.

— Se baignait-on dans cette pièce d'eau ? demanda Susannah.

— Vous voulez parler des Maures, autrefois ? Non, ils ne se baignaient pas, du moins pas comme vous l'entendez. Ils avaient des thermes, comme les Romains. Et chaque jour, ils procédaient à des ablutions rituelles...

La jeune fille s'interrompit, gênée, comme si elle prenait conscience d'avoir trop parlé.

— Continuez, Marla. Je ne sais pas grand-chose des Maures.

— Oui. Ils suivaient toujours le même ordre : d'abord la bouche, puis les mains, et enfin, les pieds. Pour nettoyer l'âme en même temps que le corps. La bouche, parce qu'elle exprime de mauvaises pensées ; les mains, parce qu'elles commettent de mauvaises actions, et les pieds, parce qu'ils conduisent le pécheur vers le mal.

— C'est très intéressant ! dit Susannah en souriant. Vous semblez bien connaître l'histoire de votre pays.

Marla haussa les épaules.

— Vous savez, on ne peut pas vivre dans un palais maure sans être obsédé par le passé qu'il évoque.

— Un palais maure ?

— Oui, il date à peu près de la même époque que l'Alcazar de Séville. Mais, maintenant, c'est seulement la « Casa d'Alvarez ».

Elles se promenèrent jusqu'à l'extrémité opposée de la pièce d'eau, où se trouvait un pavillon circulaire, ombragé par une couronne de cyprès. Marla expliqua que ce pavillon avait été construit par son grand-père. Peut-être pour la mère de Fernando, songea Susannah ; cette Pilar dont le nom était gravé au revers de la médaille qu'il lui avait montrée.

Cette évocation de Fernando la contraria ; elle se concentra sur tout ce que lui racontait Marla à propos du domaine et de la résidence des Alvarez. Leur promenade les conduisit, au-delà du pavillon, à travers les palmiers, les cyprès et les buissons fleuris du parc. Marla s'arrêta au pied du grand mur d'enceinte qui avait arrêté la voiture de Pedro Morales, la veille au soir.

— Nous devons rentrer pour le chocolat du matin, dit l'adolescente.

Sur le chemin du retour, elle expliqua à Susannah, étonnée, qu'il s'agissait d'un rite sacro-saint.

La cérémonie avait lieu traditionnellement dans le grand salon que Susannah commençait à bien connaître. Marla l'avait prévenue : la *Señora* d'Alvarez serait là.

A peine entrée dans le salon, Marla alla offrir son front au baiser froid de sa grand-tante. Puis la vieille dame braqua ses yeux de braise sur Susannah. Elle lui fit signe de s'asseoir et attaqua sans préambule :

— Ainsi, *señorita,* vous avez réussi à faire changer d'avis mon neveu ? Il vous autorise à rester ?

Susannah s'assit tranquillement, et répliqua :

— Votre neveu, *señora,* a beaucoup insisté, de lui-même, pour que je reste jusqu'au retour de la *Señora* Monica d'Alvarez.

— Vous m'étonnez beaucoup. Nous avons appris

votre venue par une lettre arrivée en même temps que votre malle, il y a trois jours. Nous avons immédiatement décidé tous les deux de l'inutilité d'une gouvernante. Je ne vois vraiment pas pourquoi il aurait jugé nécessaire de vous garder jusqu'à l'arrivée de sa femme !

— C'est là une question que vous devriez lui poser, *señora,* répondit Susannah en souriant.

Elle eut la satisfaction d'observer sur le visage de la vieille dame une expression de dépit rageur. Marla, sans le savoir, soulagea momentanément la tension qui s'était établie entre sa gouvernante et sa grand-tante. Elle servit à chacune le chocolat qui attendait sur un grand plateau de cuivre ciselé et retourna s'asseoir, sa tasse à la main. Susannah trempa les lèvres dans le breuvage, qu'elle jugea très parfumé mais infiniment trop sucré pour son goût.

Ce fut Marla qui rompit le silence.

— J'ai fait visiter une partie du parc à Miss King, *Tia* Amalia.

Sa tante la regarda avec ironie.

— Quelle bonne idée, ma petite !

Elle changea brusquement de visage.

— Dis-moi plutôt, ajouta-t-elle d'un ton sévère, comment ton père a organisé ton travail avec Miss King, tant qu'elle sera parmi nous ?

— Miss King va me donner des cours, *Tia* Amalia. Vous le savez.

— Tout en se promenant avec toi dans le parc, bien sûr ? C'est tellement plus agréable, n'est-ce pas, Marla ?

L'adolescente baissa les yeux en rougissant, et Susannah se sentit très ennuyée. L'ironie mordante de la tante allait détruire les faibles liens qui s'étaient établis entre la gouvernante et son élève.

— Vous vous méprenez, *señora,* dit-elle. Cette promenade avait un but bien précis, en dehors de son agrément certain. J'estime, en effet, que nous ne pourrons travailler utilement que lorsque nous aurons appris à nous connaître un peu.

Amalia d'Alvarez la regarda d'un air méprisant.

— Et puis-je savoir, Miss King, ce que vous avez appris de ma nièce pendant cette promenade ?

— Je préfère ne pas discuter de mes impressions, *señora.*

— Des impressions ! Oui,oui, je vois...

Excédée par tant de persiflages, Susannah dut se retenir pour ne pas révéler à la *Señora* d'Alvarez, non pas ses impressions, mais exactement ce qu'elle pensait d'elle.

Pendant un bon moment, chacune sirota son chocolat en silence. Susannah avait envie de parler de toutes les merveilles qui l'entouraient : des meubles de bois précieux, finement ouvragés, des figurines de jade ou d'ivoire, des toiles que n'eût pas désavoué Vélasquez. Elle y renonça, en se disant que tout ce qu'elle pourrait dire serait méchamment déformé par la vieille dame. Elle resta les yeux fixés sur le pare-étincelles peint qu'elle avait déjà remarqué. Marla suivit son regard.

— Aimez-vous l'art japonais, Miss King ?

Susannah la regarda en souriant.

— J'aime tout ce qui est beau. Et il y a tant de belles choses, ici !

Marla posa sa tasse vide, et alla se placer près de l'écran.

— C'est mon père qui l'a rapporté d'Osaka, il y a quatre ans. La peinture raconte une histoire. Regardez : près de la pagode, là, à l'écart, cette femme, à moitié cachée derrière son ombrelle, a l'air très triste ; cet homme, qui lui tourne presque le dos, est son... son amant. Mais c'est une situation impossible. Il est marié, et à cette femme, que vous voyez là, et qui le taquine avec son éventail. Ne trouvez-vous pas que c'est merveilleusement peint ?

Susannah était trop bouleversée pour pouvoir répondre. Elle songeait à l'enchaînement des événements qui avaient fait d'elle cette femme « très triste » de la peinture japonaise ; qui l'avaient placée dans cette « situation impossible ». Oui, le destin avait fait d'elle « l'autre », l'intruse.

9

Quand la cérémonie du chocolat matinal eut pris fin, Amalia d'Alvarez demanda à Marla de lui tenir compagnie pendant qu'elle monterait vers ses appartements. Susannah attendit son élève pendant une bonne demi-heure, puis, de guerre lasse, gagna par l'escalier de service son propre refuge.

Elle déjeuna toute seule dans sa chambre. Quand Maria vint rechercher le plateau, Susannah lui demanda où était Maria.

— La *Señorita* Marla fait toujours la sieste après le déjeuner, répondit la bonne. Vous devriez l'imiter !

— Et après la sieste, que fait-elle ?

— Quand elle est à la maison, elle prend le thé dans le patio, avec Doña Amalia.

— Est-il prévu que je me joigne à elles ?

— Je ne sais pas, *señorita.* Cela m'étonnerait.

— Alors, quand verrai-je Marla ?

— Je ne sais pas... Mais je crois savoir que vous la ferez travailler le matin seulement.

Susannah eut un geste d'impatience.

— Mais enfin ! Que vais-je faire de tout l'après-midi ? Je ne peux tout de même pas rester enfermée tout le temps dans cette chambre !

— Je... je ne sais pas, dit Maria d'un petit air malheureux.

Susannah pensa que, si Monica d'Alvarez était là, elle pourrait organiser avec elle son emploi du temps. Mais, évidemment, si Monica était là, Susannah, elle, serait loin...

— Ne vous inquiétez pas pour moi, Maria. Et excusez-moi, je me sens un peu énervée. Je vous remercie pour le déjeuner.

Maria s'arrêta à la porte.

— Vous devriez peut-être discuter de tout cela avec Don Fernando, dit-elle.

— Vous avez raison. Où est-il ? Dans son bureau ?

La jeune bonne secoua vigoureusement la tête.

— Oh non ! Non ! Don Fernando est absent pour toute la journée. Il est dans les vignobles... ou dans ses bureaux de Cadix.

Susannah se laissa tomber dans un fauteuil.

— Très bien. Merci encore, Maria. Je verrai sans doute Don Fernando ce soir.

Dès qu'elle fut seule, Susannah alla sur sa terrasse. A cette heure de la sieste, toute la demeure était silencieuse, à tel point que le bruit de ses propres talons sur les dalles lui sembla incongru. Le patio lui-même semblait dormir sous les rayons accablants du soleil. Susannah rentra prendre une douche et s'habilla d'une robe vague, en léger coton jaune. Elle laissa pendre ses cheveux dans le dos, simplement serrés par une barrette derrière la nuque. Brusquement elle décida d'aller revoir la pièce d'eau. Elle descendit l'escalier de service d'un pas décidé et sortit de la maison sous le grand escalier. Elle marcha à l'ombre de la galerie, jusqu'au pavillon et ne résista pas au plaisir d'y entrer. Des volubilis s'enroulaient autour des hautes colonnes de marbre qui soutenaient le dôme. Quelques bancs de pierre moussus entouraient une fontaine tarie. Le pavillon empiétait sur la pièce d'eau, formant comme une sorte de presqu'île. Normalement, la fontaine devait se déverser dans l'immense bassin.

Après une promenade dans le parc ombreux, elle finit par regagner sa chambre. Assise sur son lit, le menton dans les mains, elle se demanda si elle essayerait de parler à Fernando dans la soirée. Il savait certainement qu'elle devait se sentir perdue dans l'ancien palais maure et souffrir de son désœuvrement. A moins... à moins qu'il ne se désintéressât totalement de son sort, ce qui était bien possible. Elle était seule responsable de sa venue à la Casa d'Alvarez. Monica, involontairement, n'avait joué qu'un rôle de comparse.

Deux jours s'écoulèrent encore avant qu'elle vît Fernando. Deux jours pendant lesquels Susannah se rendit compte de ce que serait sa vie, tant qu'elle resterait à la Casa d'Alvarez.

Le matin, à huit heures, elle retrouvait Marla dans une grande pièce qui ressemblait plus à un studio de peintre qu'à un bureau. Les murs étaient couverts d'aquarelles ; certaines, lui dit Marla, étaient de sa propre main, les autres avaient été peintes par sa mère. Il y avait des toiles vierges et deux chevalets, mais la gouvernante et son élève passaient leur temps devant une grande table couverte de livres, pour la plupart inutiles ; si Susannah était restée, elle aurait dû en faire venir d'Angleterre.

La matinée était coupée par le chocolat rituel. Susannah prenait son déjeuner en solitaire. Après quoi elle était censée s'occuper toute seule. Elle aurait pu en profiter pour perfectionner son espagnol, très défaillant. Mais à quoi bon ? Bientôt elle serait à Londres, et plus rien ne l'attirerait vers l'Espagne.

Elle ne pouvait s'empêcher de souffrir pour Marla, contrainte de passer des heures interminables en compagnie d'une vieille femme acariâtre. C'était malsain et débilitant. Le résultat était cette adolescente timide, servilement docile, à demi vivante. Elle devait être sincère quand elle disait aimer le couvent. Au moins y fréquentait-elle des filles de son âge.

Le dimanche matin, Susannah se lava les cheveux de bonne heure pour pouvoir les laisser sécher au soleil, sur le balcon, sans trop souffrir de la chaleur. Elle savait, par Maria, que Fernando, sa tante et sa fille étaient partis pour Cadix, où ils devaient assister à une grand-messe, dans la cathédrale. Elle savait aussi qu'après le déjeuner, ils devaient encore s'absenter tous les trois. Susannah était enchantée pour Marla qui, enfin, allait jouir de la présence de son père. L'adolescente semblait plus attirée par ce dernier que par sa mère. C'était du moins l'impression de Susannah : pendant les deux journées qui venaient de s'écouler, elle avait remarqué que Marla parlait rarement de Monica, et beaucoup plus volontiers de son père.

Après avoir déjeuné, elle se dit qu'elle pourrait essayer de voir Fernando avant son départ pour la promenade familiale. Vers trois heures et demie, elle se leva résolument du fauteuil où elle lisait distraitement des morceaux choisis de Dickens, qu'elle avait trouvés parmi les livres de Marla. Elle garda la robe-chemise parme qu'elle avait sur elle et laissa ses cheveux flotter librement sur ses épaules. Elle alla d'un pas ferme jusqu'au bureau de Fernando, et, après une légère hésitation, elle frappa. Trois fois, elle répéta son geste, sans obtenir de réponse. Persuadée qu'il faisait la sieste, lui aussi, elle allait retourner dans sa chambre, quand elle entendit un bruit de pas dans l'escalier de marbre. Quelques secondes plus tard, le cœur battant, elle vit venir vers elle l'homme qui occupait toutes ses pensées depuis le matin.

Il était vêtu d'un spencer anthracite, d'un pantalon assorti et d'une chemise blanche à jabot.

— Vous vouliez me voir ? demanda-t-il, les sourcils haut levés.

— Oui... oui, *señor.*

— Je regrette de ne pas avoir le temps de vous parler, *señorita.* J'allais sortir. Ma tante et Marla m'attendent dans la voiture.

— Je n'arriverai donc jamais à vous parler !

Susannah sentit tout ce que son air désolé devait avoir de ridicule.

— Je ne pense pas que nous ayons quoi que ce soit à nous dire. Marla m'informe de son travail...

— Parlons-en ! Je passe moins de trois heures, je dis

bien : moins de trois heures avec elle. C'est ridicule ! Et le reste du temps...

— Vous vous ennuyez ? Je regrette, mais nous n'avons guère de distractions à vous offrir, *señorita*.

— Oh ! Vous ne voulez pas comprendre. Je *veux* vous parler. Comment dois-je m'y prendre ? Dois-je vous demander un rendez-vous par la voie hiérarchique ?

Fernando serra les poings sur le bas de son spencer et l'ajusta d'un coup sec.

— Ne soyez pas impertinente, *señorita !*

Elle était furieuse et voulait le montrer.

— Tout se passe comme si vous cherchiez à m'éviter !

Fernando inspecta rapidement le couloir, comme s'il craignait que quelqu'un n'eût entendu cette dernière phrase.

— Je peux vous recevoir dans mon bureau, à neuf heures et demie, ce soir. Si le moment vous convient.

— Merci.

Il fit deux pas vers le hall, et se retourna.

— Nous allons à une *corrida*, entre Alvaridad et Séville. C'est un spectacle que vous n'aimeriez pas.

— Comment le savez-vous ? lança-t-elle d'un air de défi.

Il serra les poings.

— A ce soir, *señorita*.

De retour dans sa chambre, Susannah regretta le tour trop personnel qu'elle avait donné à la fin du bref entretien. Elle n'avait pas le droit de parler à Fernando comme elle l'avait fait. Il ne l'avait pas invitée à venir à la Casa d'Alvarez. Ils n'étaient plus à Londres, et encore moins à Wendcombe. La situation était totalement différente, même sans tenir compte de la complication supplémentaire qui découlait du fait de son mariage.

Maria apporta le dîner à huit heures et demie. Une heure plus tard, Susannah n'était plus qu'un paquet de nerfs.

Elle descendit au rez-de-chaussée en s'obligeant à respirer profondément, pour se calmer. Elle se reprochait d'avoir mis une robe que Fernando prendrait peut-être pour une provocation : elle était couleur d'ambre, très longue, et fendue sur les côtés ; une ceinture de soie noire accusait sa taille fine, et elle avait rassemblé ses cheveux dans un foulard, noir également. Mais elle avait eu besoin de se savoir belle, pour se sentir plus d'assurance... Sa main trembla quand elle frappa au bureau de Fernando.

Il ouvrit et s'effaça pour la laisser passer. Il referma la porte derrière elle. Susannah, au milieu de la pièce, se sentit dans la peau d'une écolière convoquée pour une faute chez la directrice. Elle fut néanmoins rassurée de voir que, pour une fois, il n'y avait pas de témoin. Fernando se plaça derrière son bureau, comme pour dresser délibérément une barrière entre eux.

— Asseyez-vous donc, *señorita.*

Elle hésita. Puis elle prit place dans un fauteuil et croisa les bras. Fernando alluma posément un cigarillo. Il s'était changé, lui aussi, et portait une veste de velours lie de vin. Devant son air arrogant, Susannah s'admira d'avoir eu la témérité de l'affronter. Il s'assit sur une chaise, près du bureau.

— Alors, dit-il. Pourquoi vouliez-vous me voir ?

— C'est à propos de Marla, *señor.*

Il fit semblant d'être étonné.

— Oui, reprit Susannah. Tel qu'il est organisé, son emploi du temps est déplorable. Je vous l'ai dit, je ne passe que trois heures avec elle.

— Ma tante juge que c'est suffisant.

— Ce n'est pas elle qui dira le contraire ! Justement, l'un de mes principaux griefs est que Marla passe beaucoup trop de temps avec la *Señora* d'Alvarez.

— Cela n'a rien à voir avec l'organisation de votre travail.

Susannah soupira.

— Vous faites exprès de ne pas me comprendre, *señor.*

— Par exemple !

— Oui, et vous le savez fort bien.

Les bras toujours croisés, elle serrait les mains sur ses coudes pour s'empêcher de trembler. Elle devait retrouver son calme, pour ne pas se laisser démonter par Fernando. Elle respira profondément et reprit :

— Je retrouve Marla à huit heures dans le studio d'artiste qui lui sert de bureau. A onze heures, nous allons boire une tasse de chocolat avec sa grand-tante. Et après... après, je deviens quantité négligeable et je n'ai plus qu'à me boucler dans ma chambre.

Fernando tira sur son cigare et répondit dans un nuage de fumée :

— N'êtes-vous pas en train de confondre votre propre ennui avec le problème de l'éducation de ma fille ?

— Pas du tout ! Le travail d'une gouvernante ne consiste pas seulement à rester assise devant son élève pendant les leçons. Marla et moi devrions passer ensemble des heures de liberté. Aller sur la côte, nager, jouer au tennis, nous mêler à d'autres gens !

Fernando eut un geste d'impatience.

— Marla n'est pas différente de toutes les filles de son âge qui appartiennent à son milieu.

— Vous voulez sans doute parler de l'Espagne ?

— *Naturalmente, señorita.*

Elle se pencha vers lui, les mains sur l'accoudoir.

— Je pense que ce n'est pas du tout naturel ! Ces vêtements que porte Marla ! Les heures qu'elle passe assise à écouter la *Señora* d'Alvarez lui parler du passé ! C'est malsain !

Fernando était en rage, maintenant, et Susannah ne s'en souciait pas. Comment pouvait-on être aveugle à ce point. Marla étouffait, dans cette atmosphère. Elle commençait déjà à ressembler à sa grand-tante.

— *Señorita !* gronda Fernando. Vous vous oubliez !

— Avez-vous oublié, vous, votre propre enfance ? Vous devriez pourtant savoir que Marla devrait disposer de beaucoup plus de liberté. Vous m'avez dit vous-même...

— *Basta !*

Fernando frappa le bureau du poing et se leva d'un bond.

— Il ne s'agit pas de moi, mais uniquement de Marla ! Que voulez-vous au juste ? Que ma fille ait le droit de s'enfuir avec vous, comme une orpheline ?

Susannah eut un cri étranglé. Elle regarda, horrifiée, l'homme qui venait de remuer si cruellement son propre passé.

— *Por dios,* Susannah ! murmura-t-il. Je regrette d'avoir dit cela.

Susannah se leva, passa derrière son fauteuil et s'appuya des deux mains sur le dossier.

— Je pense que nous n'avons plus rien à nous dire, *señor,* dit-elle d'une voix sourde. Puisque c'est toute l'opinion que vous avez de moi, je ne plaiderai plus la cause de Marla.

— *Susannah !* Vous ne comprenez pas...

— Vous avez raison. Non, je ne comprends pas que vous parliez ainsi, que vous agissiez ainsi, tout en vous entêtant à vouloir me garder ici jusqu'au retour de votre femme ! Seriez-vous sadique à ce point ?

Il soutint son regard pendant quelques secondes, puis il baissa les yeux.

— Vous n'auriez pas dû venir ici, Susannah.

— Croyez-vous que je ne le sache pas ?

— Alors, pourquoi êtes-vous venue ?

Elle haussa les épaules, en signe d'impuissance.

— Je me le suis souvent demandé depuis mon arrivée.

— *Dios !* Vous saviez pourtant que nous allions fatalement nous retrouver !

— Pensez-vous que j'aurais fait ce voyage si j'avais su que vous étiez le mari de Monica ? Comment aurais-je pu faire un rapprochement entre Fernando Cuevas et Fernando d'Alvarez ? Je ne savais pas que vous utilisiez les deux noms !

— Qu'importait l'identité de ma femme. J'étais marié. Ce fait aurait dû vous suffire !

Susannah le regarda bouche bée.

— Vous pensez que je le savais ?
Il fut à son tour stupéfait.
— Que voulez-vous dire ?
— Grand Dieu, Fernando ! J'ignorais que vous étiez marié ! Croyez-vous que je serais allée passer ce week-end avec vous si je l'avais su ? Quelle femme suis-je donc à vos yeux ?
Elle alla jusqu'à la porte et s'arrêta quand il cria :
— *Susannah !* Vous ne voulez tout de même pas me faire croire... Enfin ! Vous viviez chez les Castana, et je connais assez Lucie pour savoir qu'elle vous a débité toute mon histoire !
— Je suis désolée de vous décevoir. Il n'était jamais question de vous entre la *Señora* Castana et moi.
Il fit deux pas vers elle, les poings crispés.
— Taisez-vous ! Vous saviez certainement...
— Comment l'aurais-je su ? C'est à peine si vous me parliez de vous. Je respectais ce que je prenais pour un excès de discrétion de votre part.
— Mais ma lettre... oui, cette lettre que je vous ai laissée ?
— Mon Dieu ! Combien elle m'était chère cette lettre ! dit Susannah d'une voix brisée. Vous vous disiez trop vieux pour moi, et, comme une idiote, j'imaginais...
Elle s'interrompit et retrouva son assurance.
— Bref ! De toute façon, j'ai lu dans cette lettre beaucoup plus de choses qu'elle n'en contenait en réalité.
Elle posa la main sur la poignée de la porte.
— Je peux partir ?
Fernando fit encore un pas vers elle. Il allait dire quelque chose, mais il se ravisa et secoua plusieurs fois la tête.
— Non, non ! J'ai du mal à croire vos explications. Et pourtant...
Il se frotta machinalement la nuque, en regardant le sol.
— Il faut que je réfléchisse...

Soudain, son visage se durcit.

— C'est tout réfléchi ! s'écria-t-il en plantant son regard dans celui de Susannah. Vous vouliez partir, n'est-ce pas ? Eh bien ! Allez-vous-en ! Je vais prendre immédiatement les dispositions nécessaires.

Elle n'en croyait pas ses oreilles.

— Vous me mettez à la porte ?

— Je vous laisse partir. C'était votre souhait, n'est-ce pas.

— Fernando ! Je ne suis pas un pantin dont on tire les ficelles à volonté. Maintenant, je connais Marla. Je veux rester pour son bien. Je suis venue ici pour accomplir un travail. Laissez-moi une chance. Si vous aimez votre fille, vous devez savoir qu'elle n'est pas heureuse !

— Elle vous l'a dit ?

— Oh, non ! Elle est trop... soumise pour oser dire une chose pareille ! Et cette résignation est en elle-même une preuve. Oh, Fernando ! Pourquoi ne passez-vous pas plus de temps avec elle ? Au lieu de l'abandonner aux soins, si je puis dire, d'une vieille femme antipathique !

— Assez ! Vous vous mêlez de choses qui ne vous regardent pas.

Susannah redressa la tête.

— Je ne suis pas d'accord. A mon arrivée, vos affaires ne m'intéressaient pas. Je voulais partir. Mais vous avez voulu que je m'occupe de Marla. Maintenant, je la connais, j'ai appris à l'aimer et j'ai compris qu'elle se détruit dans cette atmosphère étouffante. Tout ce qui la touche me touche, moi aussi !

Fernando se boucha les oreilles.

— Taisez-vous ! Vous ne savez plus ce que vous dites.

— Oh, si !

Susannah se sentait forte, extrêmement lucide. Fernando ne réussirait pas à l'intimider. Elle continua sur sa lancée :

— C'est *vous* qui avez créé cette situation. Supportez-en les conséquences. De quoi avez-vous peur ? De voir Marla fuir la famille d'Alvarez ? De la voir suivre votre chemin quand vous étiez dans la même situation qu'elle ?

Fernando, le visage tordu par la rage, parcourut en deux enjambées l'espace qui le séparait de Susannah.

— De quel droit portez-vous des jugements sur ce que vous ignorez ?

Il y avait tant de violence dans ses yeux ! Elle crut qu'il allait la frapper. Mais il se détourna, essoufflé.

— Cette conversation ne nous mène à rien, *señorita,* grinça-t-il entre les dents. Allez faire vos bagages. Pedro Morales vous conduira à Séville à l'aube. Vous trouverez facilement un vol pour Londres. Vous conserverez le mois que vous avez reçu d'avance.

Susannah le regarda désespérément :

— Non ! Je ne retournerai pas en Angleterre ! J'accepte qu'il n'y ait plus rien entre nous, Fernando. Mais laissez-moi du moins une chance d'aider votre fille ; une chance de vous montrer combien Marla peut être heureuse !

— Impossible !

Susannah eut envie de le secouer.

— Pourquoi ? Mais pourquoi ! Si la mère de Marla était ici, elle serait d'accord avec moi.

Fernando hocha la tête avec amertume.

— Oh oui ! J'en suis profondément convaincu ! Mais, si elle était ici, vous pourriez peut-être lui demander pourquoi elle passe si peu de temps avec sa fille. Si elle s'intéresse tant au bien-être de Marla, pourquoi disparaît-elle pendant des semaines, sans même lui donner signe de vie ?

Susannah baissa la tête.

— Ce qu'elle peut faire ne me regarde pas.

— Tout à fait d'accord. Rien, ici, ne vous concerne ! Allez-vous-en !

— Et que dira votre femme à son retour ? Que vous n'avez pas été satisfait de mes services ? Ou que les relations que nous avons eues à Londres étaient devenues pour vous une trop grande gêne ?

— Où voulez-vous en venir ? A un chantage ?

Profondément blessée par cette odieuse accusation, Susannah ferma les yeux. Elle refoula la réplique violente qui lui venait aux lèvres, et réussit à dire, avec un sourire ironique :

— Si vous me croyez capable de vous faire chanter, que puis-je y faire ? Je vous dirai simplement ceci : donnez-moi deux semaines de liberté avec Marla. Les cours continueront, mais il faut que nous puissions échapper à la Casa d'Alvarez.

Fernando alla s'asseoir à son bureau et serra sa tête entre ses deux poings. Des secondes interminables s'écoulèrent. Enfin, il alluma un cigarillo.

— D'accord, *señorita*. Vous restez. Pedro Morales vous conduira avec Marla où vous voudrez, mais il restera avec vous si vous vous éloignez de la voiture. Si vous désobéissez à ces instructions, Morales me le signalera.

10

Le lendemain matin, Marla eut le plus grand étonnement de sa vie quand Susannah lui annonça :

— Cette après-midi, après votre sieste, nous irons nous promener en voiture.

— Mais... *Tia* Amalia compte sur moi pour prendre le thé avec elle, à quatre heures, dans le patio, comme d'habitude.

Susannah s'obligea à sourire.

— Je sais. Mais votre père nous a donné la permission de sortir en voiture avec Pedro Morales. L'idée vous plaît-elle ?

Marla se trouva prise entre deux feux.

— Bien sûr qu'elle me plait ! Mais *Tia* Amalia ne sera peut-être pas d'accord. Elle ne voudra sans doute pas nous accompagner.

Susannah retint un mouvement d'impatience.

— Il n'y aura que vous et moi, Marla.

L'adolescente parut encore plus étonnée.

— Seules, toutes les deux !

— Pas tout à fait seules, puisqu'il y aura le chauffeur.

Marla secoua la tête d'un air pensif.

— Mais que dira *Tia* Amalia ? Est-elle au courant ?

— J'en doute.

Susannah tenta d'éveiller l'enthousiasme de son élève.

— Je ne connais pas Cadix. C'est là que nous irons.

Je suis impatiente de sortir de la Casa d'Alvarez, pour voir votre pays. Vous me servirez de guide.

Marla était encore hésitante.

— Mon père a-t-il donné son accord ?

— Pourquoi ne l'aurait-il pas fait ?

— D'habitude, je ne sors jamais sans *Tia* Amalia.

— C'était vrai avant mon arrivée. Mais, Marla, je suis tout aussi capable que votre tante de vous escorter.

Marla la regarda d'un petit air de doute.

— Puisque vous dites que papa est d'accord...

— Il l'est ! Marla, essayez de penser à cette promenade comme s'il s'agissait d'une aventure. Un événement agréable, passionnant, à ne pas prendre trop au sérieux.

Marla esquissa un sourire.

— J'essayerai, Miss King. Mais je prévois que *Tia* Amalia ne sera pas très contente...

Amalia d'Alvarez, en effet, ne fut pas contente. Elle fut même furieuse.

— A quoi donc pense Fernando ? s'écria-t-elle.

Entre les paupières plissées, son regard de glace alla de Marla à Susannah qui, assise dans un fauteuil, buvait tranquillement son chocolat trop sucré.

— D'ailleurs, reprit la vieille dame, Marla me tient toujours compagnie l'après-midi, n'est-ce pas, ma chérie ? Aurais-je moins d'importance qu'une promenade avec une... étrangère... je veux dire quelqu'un que tu connais à peine ?

— C'est une idée de papa, *Tia* Amalia. Demain, je prendrai le thé avec vous, comme d'habitude.

« Nous verrons cela ! » se dit Susannah, qui se garda bien, pour le moment, d'envenimer davantage les choses. Il y avait de la haine dans les yeux d'Amalia d'Alvarez quand elle la regardait. La vieille dame connaissait parfaitement l'origine de ce coup porté à la tradition. Et elle ferait tout son possible pour amener Fernando à changer d'avis ; de cela, Susannah était certaine.

La gouvernante et son élève refirent en sens inverse le

trajet qu'avait parcouru Susannah, le soir de son arrivée. Elles traversèrent le patio, puis la terrasse. La limousine noire attendait au bas des marches. Debout, près d'elle, Pedro Morales souleva sa casquette et salua.

Susannah avait revêtu pour l'occasion une jupe plissée rouge et un sweat-shirt blanc. A côté d'elle, Marla paraissait bien terne dans sa robe vert bouteille de jersey de soie ; ses cheveux noirs étaient rassemblés en une tresse unique, alors que les longs cheveux blonds de Susannah flottaient librement au vent de la route.

Avec des vêtements plus seyants, une coiffure moins stricte et une attitude moins guindée, pensa Susannah, Marla pourrait être très séduisante. Quelle honte que Monica elle-même n'y eût pas songé !

A l'approche de Cadix, une brise de mer bienfaisante se fit sentir. Pedro Morales conduisait lentement. Susannah eut tout le loisir de détailler les villages qu'ils traversaient. Ils semblaient ne pas avoir changé à travers les siècles, avec leurs jardins resplendissants de couleurs éclatantes et leurs maisons aux fenêtres grillagées.

Ils longèrent pendant longtemps la côte qui fermaient la baie de Cadix. La mer était incroyablement bleue, sous un ciel sans nuages. Ils traversèrent San Fernando, et, par un isthme étroit, gagnèrent le rocher où se trouvait Cadix. Susannah, passionnée par les commentaires de Marla, admira les vieilles maisons blanches à mirador, dont les terrasses étaient surmontées d'un belvédère. Elle vit de nombreuses églises, entourées de palmiers qui formaient comme des oasis au sein de tant de blancheur.

Pedro Morales les conduisit ensuite, au pied des ruines imposantes des remparts, jusqu'à l'Alameda, une longue promenade fleurie qui dominait la rade.

— Il y a un parking, là-bas, dit Susannah en se penchant vers le chauffeur. Vous seriez aimable de vous arrêter pour que nous puissions nous dégourdir les jambes.

Pedro haussa les épaules et fit signe qu'il ne comprenait pas. Marla servit d'interprète.

— Pedro me demande de vous dire qu'il y a beaucoup d'autres choses à voir, et qu'il préfère nous conduire où nous voudrons.

Susannah eut un geste d'impatience.

— Mais la vue est magnifique ! Un peu d'exercice nous ferait du bien. Beaucoup de gens se promènent, ici ! Il ne peut rien nous arriver de mal !

Marla eut un petit sourire.

— Nous pourrions aller à la cathédrale. Je la connais bien et j'aimerais vous la montrer. Ce serait une façon de nous remuer un peu...

— Vous voulez dire, à l'intérieur de la cathédrale ?

Marla fit un signe de tête.

— Pourquoi pas ?

Elles passèrent près d'une heure dans la cathédrale aux proportions gigantesques ; construite au début du XVIIIe siècle, dans un style gréco-romain, elle contrastait curieusement avec l'ensemble, mauresque ou typiquement espagnol, de la ville. Plusieurs fois, pendant la visite, Susannah vit apparaître Pedro Morales sous le porche. Marla était trop occupée à raconter l'histoire du sanctuaire pour s'apercevoir de la surveillance à peine discrète du chauffeur.

Il était sept heures passées quand elles furent de retour à la Casa d'Alvarez. Susannah regrettait que Fernando n'eût pas participé à la promenade. Il aurait pu découvrir la véritable nature de sa fille. Elle avait l'esprit vif et, par moments, s'était montrée enjouée. Susannah comprenait qu'elle souffrait surtout d'un manque de communication avec son père et sa tante. Son assurance et sa spontanéité foncières ne demandaient qu'à s'épanouir.

Le lendemain matin, en tout cas, elle prouva qu'elle était capable de s'affirmer : elle annonça d'une voix ferme à sa tante qu'elle allait sortir l'après-midi avec sa gouvernante. La *Señora* d'Alvarez l'écouta sans broncher, les lèvres pincées. Susannah devina qu'elle avait entrepris Fernando, et que celui-ci était resté inébranlable. La vieille femme se contenta de lancer à son ennemie des regards chargés d'animosité ; de toute évidence, elle la tenait pour responsable de la véritable révolution qui était en train de s'accomplir dans la maison.

Toutes les promenades des jours suivants furent une réussite, malgré la vigilance de leur cerbère en casquette. Elles allèrent entre autres à Xeres, à travers les prestigieux vignobles qui ont rendu célèbre le nom de cette ville. Un jour, elles partirent immédiatement après le déjeuner pour Séville, où elles eurent tout le loisir d'admirer la cathédrale et l'Alcazar.

Marla faisait de grands progrès et commençait à ressembler à une adolescente de son temps. Un après-midi, Susannah réussit à la persuader de venir essayer quelques-uns de ses vêtements, dans sa chambre. Malgré la grande différence d'âge, robes, pulls et pantalons seyaient merveilleusement à Marla.

A un moment donné, Susannah la regarda pensivement.

— Ce jean vert vous va vraiment très bien. Il suffirait de le raccourcir un peu... J'ai bien envie de vous le donner. Le vert n'est pas précisément ma couleur favorite.

— Vous ne parlez pas sérieusement ! s'écria Marla.

— Mais si ! Il vous plaît ?

— Vous savez très bien que tous vos vêtements me plaisent beaucoup... Mais que dirait papa ?

— Tu lui diras de s'occuper de ce qui le regarde ! fit une voix du côté de la porte.

— Maman ! s'exclama Marla.

— *Señora* d'Alvarez ! dit Susannah d'un air stupéfait. Quand donc êtes-vous arrivée ?

Monica s'avança dans la chambre d'un pas nonchalant, la cigarette aux doigts.

— Il y a une demi-heure, répondit-elle. Peut-être plus... ça n'a pas d'importance. Qu'est-ce que vous faites là, toutes les deux ? C'est une présentation de mode ?

Marla, brusquement, semblait avoir perdu son assurance. Elle lança un coup d'œil inquiet à Susannah, qui s'empressa d'intervenir :

— Marla est en train d'essayer quelques-unes de mes affaires. J'ai voulu qu'elle se voie dans des vêtements moins... guindés.

Monica regarda son propre pantalon bleu ciel et sa tunique à fleur jaunes et bleues.

— Ça fait des années que je lui dis... commença Monica.

— Marla avait sans doute besoin de voir le résultat, de ses propres yeux, dans une glace.

— Sans doute, sans doute...

Monica alluma une autre cigarette.

— De toute façon, reprit-elle, je suis heureuse de constater que vous arrivez à quelque chose avec elle. Je suis désolée de n'avoir pas pu vous accueillir à votre arrivée, mais...

Elle fit un geste, comme pour chasser certaines idées, et enchaîna :

— Après tout, mieux valait peut-être que je ne sois pas là. Je vois que vous vous tirez très bien d'affaire.

— Je suppose que vous avez parlé à votre... mari, depuis votre retour.

D'un coup de doigt désinvolte, elle fit tomber sa cendre sur le carrelage.

— Ouais, je l'ai vu. D'après ce qu'il m'a dit, je devine que vos débuts ont été plutôt difficiles. Je m'y attendais.

« Et c'est sans doute pour cela qu'elle a préféré être ailleurs », se dit Susannah. Monica commençait à lui apparaître sous un jour un peu moins favorable.

— Que se passe-t-il ici ?

Fernando, à son tour, venait d'entrer dans la chambre. Il était en bottes, tout habillé de noir et tenait une cravache.

— Marla est en train d'essayer un pantalon de Miss King, dit Monica d'un air ravi. Je la trouve très mignonne. Et vous ?

Fernando fit mine d'ignorer sa femme.

— *Señorita* King ! Voulez-vous m'expliquer ce que tout cela signifie ?

Susannah poussa un profond soupir.

— Je ne vois pas ce qu'il y a à expliquer. Comme votre femme vient de vous le dire, Marla essaye un de mes pantalons. Elle ne s'était jamais vue sous l'apparence d'une adolescente normalement habillée.

Fernando cingla l'une de ses bottes d'un coup de cravache.

— Un pantalon ! Et tous ces vêtements que je vois sur les chaises, sur le lit ? Vous n'allez pas me dire que vous avez l'habitude de laisser traîner vos affaires ! J'attends que vous m'expliquiez les raisons de votre comportement irresponsable !

— Vraiment, Fernando, vous exagérez ! s'écria Monica. On se croirait dans un tribunal. Miss King a bien raison d'estimer que Marla s'habille d'une façon démodée.

— Miss King n'est pas ici pour donner des leçons de mode à Marla !

Il se tourna, menaçant, vers Susannah.

— A l'avenir, *señorita,* vous limiterez à la salle de classe l'exercice de vos talents d'éducatrice !

Monica jeta sa cigarette sur le balcon et furieuse, affronta son mari.

— Seigneur ! Fernando ! Laissez-les tranquilles ! Elles s'amusaient, sans faire de mal à personne. Pourquoi Marla ne choisirait-elle pas ses vêtements ? Ce serait bien la première fois qu'elle aurait le droit de prendre des initiatives !

— Laissez-moi régler tout seul cette affaire, Monica ! Je n'admets pas qu'on se permette de détraquer Marla.

— C'est vous qui la détraquez, mon cher.

— Marla était parfaitement heureuse, jusqu'au moment où vous avez commencé de vous mêler de choses qui ne vous regardent pas. De temps en temps, vous faites un effort pour avoir l'air de vous comporter comme une mère. Mais cela ne vous donne aucun droit sur Marla ! Vous êtes douée pour d'autres choses... orientez vos activités de ce côté-là !

— Salaud ! grinça Monica entre les dents.

Elle semblait ne pas se rendre compte de la présence de Marla. Elle poursuivit, sur le même ton :

— Un de ces jours... un de ces jours...

— Vous partirez définitivement ? dit Fernando en la regardant avec mépris. Je sais, je sais. En attendant, laissez-moi m'occuper de Marla !

Les répliques blessantes continuaient de fuser des deux côtés. Susannah aurait voulu être à dix pieds sous terre. Elle ne pouvait supporter cette scène atroce qui prouvait que le mariage de Fernando et de Monica était irrémédiablement ruiné. Elle refusait de prendre parti pour l'un ou pour l'autre. Et pourtant... Il était évident que Monica consacrait très peu de temps à sa fille...

Fernando mit brusquement fin à la querelle. Après un autre coup de cravache sur sa botte, il se tourna vers Marla.

— Remets tes propres habits, dit-il. Je vais voir les fermiers. J'ai pensé que tu aimerais m'accompagner.

Marla se changea rapidement dans la salle de bains, et en sortit avec la robe de mousseline brune qu'elle portait en arrivant dans la chambre de Susannah. Elle semblait avoir oublié les amers reproches de son père.

— Je suis prête, papa ! dit-elle d'un air ravi.

Quand Fernando et sa fille furent partis, Susannah, ne sachant que dire, se mit à ranger ses affaires. Monica l'observa pendant quelques minutes, puis :

— Alors, fit-elle, que pensez-vous de tout ça ?

Susannah finit de plier un pull-over.

— Rien. Ça ne me regarde pas.

— Allons ! Pas de sottises ! Vous savez très bien que vous avez une opinion, aussi vrai que j'en ai une. Alors ? Que pensez-vous de mon charmant époux ? Vous fait-il la même impression qu'en Angleterre ?

Susannah sentit le rouge lui monter aux joues.

— Quoi ?

— Je vous ai demandé si vous trouviez Fernando différent de ce qu'il était en Angleterre.

— Comment... comment savez-vous que j'ai connu votre mari à Londres ?

Monica alluma tranquillement une cigarette.

— Ce n'est pourtant pas difficile à deviner ! Par Lucie, bien sûr.

Susannah alla ranger le pull-over dans l'armoire pour cacher à l'Américaine ses mains tremblantes, elle dit, le dos tourné :

— La *Señora* Castana... Et que vous a-t-elle raconté ?

— Des tas de choses pour m'empêcher de vous engager. A propos de Fernando et de vous ?... Ah, oui ! Elle m'a dit que vous étiez allés vous promener avec lui et le gosse... Au zoo, je crois.

— C'est exact.

— Alors, qu'en pensez-vous ?

— De quoi ? Ou de qui ?

— De Fernando, bien sûr ?

Susannah prit une profonde respiration, pour retrouver tout son calme.

— Je le trouvais... je le trouve très sympathique.

— Sympathique ? Quelle idée ! J'aurais choisi un autre qualificatif. N'importe. Vous avez compris, je suppose, que la malveillance de Lucie à votre égard vient de sa jalousie. Elle a le béguin pour Fernando.

— Ah oui ?

— Oui. Il l'aurait peut-être épousée si je n'avais pas fait mon apparition dans le tableau.

Susannah était impatiente de la voir partir. Elle n'avait pas la moindre envie d'entendre Monica lui parler de son passé avec Fernando. Elle regarda discrètement sa montre. Monica surprit son geste.

— Okay ! dit-elle en souriant. Je m'en vais. Evidemment, vous ne pouvez pas comprendre la complexité de nos relations conjugales. Si vous connaissiez toute l'histoire, vous en seriez baba... Vous avez l'air soucieux. Faut pas ! A nous deux, vous verrez, nous arriverons à faire quelque chose de Marla. C'est-à-dire une gosse comme les autres.

Quand elle fut seule, Susannah s'étendit en travers de son lit, un bras sur les yeux pour les protéger de la lumière aveuglante qui rayonnait du patio. Elle était trop lasse, trop anéantie pour la supporter. Quels moments pénibles venait-elle de passer ! Et elle se sentait désespérément découragée. Elle n'arriverait à rien de positif, de durable, en ce qui concernait Marla, au terme de ces deux semaines accordées par Fernando. Apparemment, Monica n'était pas au courant de cet arrangement.

D'autre part, Fernando avait parlé avec amertume de son mariage. Mais Susannah avait été loin de penser que leurs relations s'étaient dégradées à ce point. Quel rôle Max Rosenberg avait-il joué dans ce naufrage ? Depuis quand Monica le connaissait-elle ? Pourquoi Fernando et elle ne mettaient-ils pas fin à cette union détestable ? Fernando était catholique. En tant que tel, bien sûr, il ne pouvait divorcer...

Il y avait tant de choses qu'elle ne comprenait pas ! Comment, par exemple, Fernando avait-il pu épouser cette femme, si différente de lui ? Elle ne manquait pas de charme, mais elle avait au moins dix ans de plus que lui ; et cette vulgarité de Monica, cette absence apparente de sensibilité... Non, elle ne comprenait pas.

Le lendemain matin, Monica, la cigarette au coin des lèvres, vint voir Susannah dans le bureau-studio où elle faisait travailler Marla.

— Comment se fait-il, dit-elle, que je ne vous aie pas vue à table, hier soir ?

Susannah posa son stylo.

— Excusez-moi... J'ai dû mal comprendre votre question...

— Je vous ai demandé pourquoi vous n'avez pas dîné avec tout le monde, hier soir.

— Mais... Je prends tous mes repas dans ma chambre !

— Dans votre chambre ? Et depuis votre arrivée ici ?

— Oui, *señora*.

Monica leva les yeux au ciel.

— Fabuleux ! C'est un ordre de mon mari, évidemment ?

— Je l'ignore. L'intendante m'a dit dès le premier jour...

— La *Señora* Gomez ? Alors, ça vient de Doña Amalia.

— Pour ma part, vous savez, je ne vois pas d'inconvénient à manger toute seule dans ma chambre.

Monica, d'une chiquenaude, expédia par la fenêtre ce qui restait de sa cigarette.

— Moi, j'en vois ! s'écria-t-elle. En Angleterre, et chez moi, en Amérique, les gouvernantes sont en général traitées comme des membres de la famille.

— Mais ici...

— Je ne veux pas le savoir. Dorénavant, vous mangerez avec nous !

— Est-ce un ordre ? demanda Susannah en soupirant.

— Ce n'est pas mon genre, à moi, de donner des ordres. Disons que c'est mon désir, Miss King.

— Très bien.

Après le départ de Monica, Susannah eut le plus grand mal à se concentrer sur sa tâche. Marla la regarda avec sympathie.

— Maman veut contrer papa en toutes choses, Miss King. Si papa avait voulu que j'aie une gouvernante, maman se serait battue pour que je reste au couvent. Elle lui aurait trouvé tous les mérites. Heureusement, maman n'est pas souvent là.

— Parlez-vous d'elle avec votre père ?

— Jamais. Papa ne le permettrait pas. Mais je comprends que la vie ne doit pas être toujours facile pour lui.

Susannah fut surprise de la lucidité de Marla. Elle raisonnait parfois comme une adulte. Peut-être, après tout, l'adolescente était-elle beaucoup moins résignée qu'elle ne l'avait pensé... Mais une chose était certaine :

Marla passait trop de temps en compagnie de sa grand-tante et n'avait pas assez de liberté.

Peu après onze heures, comme d'habitude, la gouvernante et son élève allèrent prendre le chocolat matinal avec Amalia d'Alvarez. Dès que la bonne eut posé le plateau, Marla, selon la coutume, remplit les tasses. La vieille femme se tourna vers Susannah. Elle avait l'air ravi.

— Alors, Miss King, dit-elle. Vous allez bientôt nous quitter ?

— Sans doute...

— Quand ? Demain ? Après-demain ?

— Pas avant une semaine, *señora.*

— Une semaine ? Ce n'est pourtant pas ce qui était convenu. Mon neveu était d'accord pour que vous restiez jusqu'au retour de sa femme. Comme la *Señora* d'Alvarez est revenue...

Ses mains firent un geste qui voulait dire : « Vous voyez donc que votre départ est inéluctable. »

Susannah prit la tasse de chocolat que lui tendait Marla. Elle remercia la jeune fille. Tout cela lui faisait gagner du temps. Enfin, avec une assurance qu'elle était loin d'éprouver, elle répondit :

— Don Fernando, *señora,* a consenti à une période d'essai.

Doña Amalia fronça les sourcils.

— Une période d'essai ! Je n'en ai pas entendu parler.

Marla s'assit près de sa tante, sur le divan.

— Il y a sans doute autre chose que vous ne savez pas, *Tia* Amalia, dit-elle tranquillement. Miss King va prendre ses repas avec nous.

Doña Amalia remit sa tasse dans sa soucoupe. Ses doigts tremblaient.

— Que me chantes-tu là ? D'où vient cette idée ? De Miss King elle-même ? Ou de ta mère ?

Susannah se rebiffa :

— Je n'ai pas la moindre envie de me joindre à votre table, *señora !*

— Maman dit, intervint Marla, que les gouvernantes, en Angleterre, sont traitées comme des membres de la famille. Pourquoi n'en ferions-nous pas autant ?

Sa tante tripota nerveusement les trois rangs de perles qui brillaient sur sa guimpe de dentelle noire.

— Nous ne sommes pas en Angleterre, Marla. Nous n'avons pas la moindre envie de copier les mœurs britanniques. Et encore moins les mœurs américaines !

La situation ne s'améliora pas pendant le déjeuner. Susannah admira la salle à manger, qui n'avait rien à envier aux pièces qu'elle avait vues jusqu'alors. Elle apprécia surtout la longue table, du plus pur style Renaissance espagnole, avec son piètement de fer forgé remarquablement ouvragé.

L'atmosphère était empoisonnée par la tension pénible qui existait entre les deux femmes de la famille d'Alvarez. Fernando était absent. Il passait la journée à Cadix. Monica n'adressait la parole qu'à Susannah : elle semblait prendre plaisir à la placer, par ses remarques, dans une situation difficile.

Quand vint l'heure de la sieste, Susannah, soulagée, fut heureuse de retrouver la tranquillité de sa chambre.

Plus tard, dans la journée, elle alla se promener avec son élève. A l'instigation de Marla, Pedro Morales prit la route des collines. Elles traversèrent les côteaux couverts de vignes et s'arrêtèrent à un hameau composé de quatre fermes. Les champs s'étendaient sur une grande terrasse qui semblait taillée à la hache dans le rocher. Un troupeau de chèvres se déplaçait lentement au sommet de la colline.

— Nous appelons cela un *cortijo*. Les quatre familles forment une sorte de communauté. Elles s'entraident en toutes choses.

— A qui appartient la terre ? A votre père ?

— Plus maintenant. Comme ces familles vivent ici depuis des générations, il a trouvé équitable de leur transmettre la propriété du *cortijo*.

Susannah ne put s'empêcher de dire :

— Je l'approuve ! Il a eu parfaitement raison.

— Mon père a souvent raison, Miss King, répondit Marla avec une sincérité touchante.

Revenue dans sa chambre, Susannah hésita pendant longtemps avant de choisir la tenue qu'elle adopterait pour le dîner. Elle avait envie de se faire belle.

Elle finit par se décider pour une robe unie de jersey de soie noir, assez décolletée. Les manches, serrées aux poignets, prenaient de l'ampleur sur les avant-bras. Elle se brossa longuement les cheveux, pour les rendre bien brillants, et les rassembla sur sa nuque, serrés dans une résille noire où couraient quelques fils d'or ; le hâle doré qu'elle avait pris rehaussait leur blondeur. Quand elle fut prête, la glace lui renvoya une image rassurante. Elle se sentait pleine de confiance pour affronter l'épreuve du dîner.

Elle allait descendre, quand Marla vint la voir dans sa chambre.

— Nous nous réunissons d'abord dans le salon où nous prenons d'habitude le chocolat. J'ai pensé que vous iriez directement dans la salle à manger où nous avons déjeuné et j'ai décidé de venir vous chercher.

— Vous avez eu raison, Marla. Merci. Je n'aurais pas su où vous trouver.

Susannah la félicita pour sa robe longue, à ramages.

— C'est maman qui me l'a rapportée de Londres, l'année dernière. Elle vous plaît vraiment ?

— Beaucoup. Vous êtes très belle.

— Vous aussi ! D'ailleurs, vous l'êtes toujours.

Marla poussa un gros soupir.

— Je voudrais tant que maman vous ressemble ! dit-elle. Alors, papa serait peut-être amoureux d'elle, et nous serions très heureux.

Susannah regarda avec stupeur sa jeune élève.

— Pourquoi dites-vous une chose pareille, Marla ?

L'adolescente la fixa de ses grands yeux noirs, qui ressemblaient si étrangement à ceux de son père.

— Parce que c'est vrai, affirma-t-elle. Je sais que papa vous aime beaucoup. Et moi aussi, je vous aime.

Susannah sentit que sa gorge se serrait.

— Je pense... Je pense que vous faites trop travailler votre imagination, Marla. Votre père souhaite mon départ.

— Parce qu'il veut que je retourne au couvent. Cela n'a rien à voir avec ce qu'il pense de vous personnellement.

— Comment pouvez-vous dire ça ?

— C'est vrai. Hier après-midi, par exemple, quand nous sommes allés, papa et moi, au *cortijo*, vous deviez nous accompagner.

— Vous croyez ?

— J'en suis sûre. Il est venu ici, dans votre chambre, avec l'intention de nous emmener toutes les deux. Mais ma mère était là... j'avais sur moi votre pantalon, et il s'est mis en colère...

Elles descendirent au rez-de-chaussée par le grand escalier. Fernando et sa tante attendaient dans le salon. Monica n'était pas encore arrivée.

Fernando avait l'air austère, distant. Son spencer gris foncé s'ouvrait largement sur une haute ceinture-gilet grenat qui serrait étroitement sa taille. Quand il tourna vers elle son regard soucieux, très lentement, Susannah se sentit remuée jusqu'à l'âme.

Amalia d'Alvarez, très stricte dans sa robe de dentelle noire, regarda sa nièce avec dégoût.

— Pourquoi cette robe ridicule, Marla ? Je vous ai pourtant fait préparer votre robe de velours vert bronze !

— Laissez-la tranquille, Amalia, dit tranquillement Fernando. Cette robe lui va très bien. Je trouve Marla très jolie.

Marla elle-même ne put cacher sa surprise, et il était évident qu'Amalia n'avait pas l'habitude qu'on lui parlât sur ce ton. La vieille dame sursauta, ulcérée par cet affront qui lui était infligé devant une personne qu'elle considérait comme une domestique. Susannah eut l'impression qu'elle allait quitter la pièce. Mais Amalia se détourna dignement et s'assit sur le canapé. Fernando s'adressa à Susannah :

— Prendrez-vous un apéritif, *Señorita* ? Que désirez-vous ?

Susannah évita son regard et tourna les yeux vers une crédence qui offrait un grand choix de bouteilles.

— Un peu de Xérès, peut-être...

Elle regarda Fernando tandis qu'il remplissait son verre. Une scène du week-end à Wendcombe lui revint brusquement en mémoire. Elle lui avait fait la même réponse, et il l'avait regardée d'une façon étrange. Peut-être avait-il pensé qu'elle avait fait exprès de lui demander du Xérès, pour lui indiquer qu'elle n'ignorait rien de sa vie à Alvaridad, où il produisait le même vin...

— Merci, *señor,* dit-elle.

Elle prit le verre qu'il lui tendait, en veillant à ce que leurs doigts ne se touchent pas. Pendant quelques secondes, longues comme une éternité, Susannah, la tête baissée, sentit sur ses cheveux les yeux de Fernando. Elle eut beaucoup de mal, ensuite, à se comporter comme s'il ne s'était rien passé. Son cœur battait si fort que ses pulsations, se dit-elle, devaient résonner dans le salon. Elle but rapidement une petite gorgée de vin, et croisa le regard froid, calculateur d'Amalia d'Alvarez.

La vieille dame l'observait attentivement. Avait-elle remarqué le bref égarement de son neveu ? Mais ce moment d'égarement avait-il vraiment existé ? Susannah pensa qu'elle avait dû rêver. Depuis son arrivée, Fernando ne lui avait jamais donné l'impression qu'il subsistait quoi que ce fût de ce qu'il avait éprouvé pour elle en Angleterre. Ce moment de flottement, qu'elle avait senti lourd de tendresse, avait été si fugitif !

L'irruption de Monica dans la pièce provoqua une diversion fort opportune. Elle ignora le coup d'œil dédaigneux que lui lança Amalia d'Alvarez et le mouvement de retrait que fit la vieille dame, comme si elle craignait une contagion. Elle alla droit à la crédence, d'un pas assuré, et, sans ôter de ses lèvres la cigarette qu'elle fumait, dit à Fernando :

— Chéri, servez-moi donc un whisky soda. Avec un peu de glace. J'ai la bouche sèche.

Fernando fit un léger signe de tête et s'exécuta. Monica allait adresser la parole à Susannah quand, soudain, elle parut prendre conscience de la présence de sa fille.

— Marla ! dit-elle en haussant les sourcils. Comme tu es mignonne ! Mais c'est la robe que je t'ai apportée d'Angleterre !

— Oui, maman.

Monica tourna autour de sa fille, avec des mouvements approbateurs de la tête. Puis elle revint derrière elle et donna une petite secousse à la natte de Marla.

— S'il n'y avait pas *ça*, on pourrait te prendre pour une Américaine. N'est-ce pas, Miss King ?

Susannah aurait préféré rester à l'arrière-plan. Elle sentit que Monica allait recommencer la comédie du déjeuner, en l'obligeant à exprimer ce qu'elle eût voulu taire.

— Je pense que Marla a moins chaud avec une natte, dit-elle prudemment.

Monica fit une grimace.

— Peut-être. Mais, sacré nom, elle pourrait quand même de temps en temps donner à ses cheveux un peu de liberté !

Elle se détourna, comme si la conversation l'ennuyait, et faillit heurter le verre que lui apportait Fernando. Elle le prit sans dire merci et en but la moitié d'un trait. Elle fit tourner les glaçons pendant quelques secondes, avala le reste, et tendit le verre à Fernando.

— J'en boirais volontiers un autre.

Pendant qu'il la servait, elle regarda les autres en souriant.

— N'est-ce pas merveilleux ? demanda-t-elle. Il n'y a pas à dire, il y a de l'ambiance. Vous avez tous l'air de vous amuser comme des petits fous !

Fernando revint près d'elle avec le verre plein.

— Ne buvez pas trop avant le dîner, Monica, dit-il

calmement. Vous n'avez pas envie d'être... malade, n'est-ce pas ?

Il avait parlé à voix basse, mais tout le monde avait entendu.

— Je sais tenir le coup, Fernando ! s'écria-t-elle. Et j'ai surtout envie qu'on me fiche la paix. Surtout vous !

Elle leva vers lui son verre et but une longue gorgée, sans cesser de le défier du regard. Puis elle vint se planter devant Susannah.

— Parlez-moi un peu de vos distractions londoniennes, Miss King. Je suppose que vous ne devez pas manquer d'admirateurs, ni, par conséquent, de petits amis.

Avant que Susannah n'ait eu le temps de répondre, Fernando intervint d'une voix coupante.

— La vie privée de la *Señorita* King ne vous regarde pas, Monica !

Elle le balaya d'un geste de la main.

— Ne faites pas attention à ce que peut dire mon mari, Miss King. Il est plein de préjugés. Je connais beaucoup de gens à Londres, mais pas tellement de jeunes. J'aimerais savoir comment vit une fille dans le vent ?

— On ne peut vraiment pas dire que j'en suis une, *señora*. Je suis désolée, mais vous n'avez pas frappé à la bonne porte. Je ne suis pas tellement intéressante.

Monica l'examina de la tête aux pieds.

— Ce n'est pas du tout mon avis. A vous voir, je dirais plutôt...

— Cela suffit, Monica !

Fernando avait les lèvres tendues comme un fil.

— Vous ne vous rendez pas compte, ajouta-t-il, que vous mettez Miss King dans l'embarras ?

— Moi ? Pourquoi ? Je ne lui ai pas demandé de détails intimes.

Elle se tourna vers Susannah.

— C'est vrai, ça, ma chérie, que je vous mets dans l'embarras ?

— Je n'irai pas jusqu'à dire cela...

Monica se tourna vers son mari, triomphante.

— Vous voyez ! Les jeunes Anglaises sont différentes des Espagnoles ! Elles ne se laissent pas mener par la guide, et elles n'ont pas d'œillères, elles ! Elles n'ont pas peur de quitter très tôt leur famille, d'avoir un logement personnel, de se préparer à un métier. Elles aiment leur indépendance. Je voudrais que Marla leur ressemble.

— Laissez Marla hors de cette affaire ! s'écria Fernando d'un ton menaçant.

Monica était trop lancée pour s'interrompre.

— Je suis sûre que tu voudrais continuer tes études dans une université anglaise, n'est-ce pas, ma chérie ?

Elle s'approcha de sa fille, lui caressa la joue du revers de la main et reprit :

— Tu ne dois pas tellement t'amuser avec ta tante Amalia, quand elle te parle pendant des heures de l'époque où elle avait ton âge !

— Vous exagérez, Monica ! cria Fernando, visiblement furieux. Si vous êtes incapable de manifester un minimum d'égards pour vos aînés, vous feriez mieux d'aller dîner dans votre chambre !

Monica enleva lentement la cigarette qu'elle avait au coin de la bouche.

— Non, mais, sans blague ! A qui donc croyez-vous parler ? Ce n'est pas parce que vos paysans vous vénèrent comme un dieu que je vais brûler de l'encens à vos pieds !

— *No haga un scandalo !* cria Fernando.

Monica le toisa d'un air goguenard.

— *Un scandalo !* Faites l'effort de parler anglais. Auriez-vous peur que Miss King n'entende toutes les jolies choses que vous me dites dans l'intimité ?

Susannah ne savait où porter son regard, et ce fut avec soulagement qu'elle entendit une servante annoncer que le dîner était servi.

Ils passèrent dans la salle à manger contiguë. Tout fut délicieux : la soupe froide, appelée *gazpacho*, l'omelette fourrée d'un mélange de champignons et de jambon, le poulet aux aromates, présenté en morceaux sur un lit de riz sauté à l'huile d'olive. Mais ce fut à peine si Susannah toucha à son assiette. L'atmosphère était trop pesante ; et elle fut heureuse, au dessert, de pouvoir prendre tout son temps pour peler sa pêche.

Le café fut servi dans le salon. Susannah but le sien si vite, qu'elle se brûla la langue. Puis elle demanda la permission de se retirer dans sa chambre.

— Il n'y a pas le feu ! s'écria Monica. Non, non ! Nous allons continuer cette conversation passionnante sur Londres.

— Vraiment, *señora,* je me sens très fatiguée.

— A votre âge ? Sûrement pas. Vous avez peur, Miss King. Peur que mon mari et moi ne vous mettions dans... l'embarras.

— *Sagrada Madre,* Monica ! Vous ne pouvez donc pas laisser cette fille tranquille ! s'exclama Fernando excédé. Laissez-la aller au lit si elle en a envie.

Susannah était si contractée qu'elle se sentait sur le point d'avoir un malaise.

— Je vous assure, *señora,* dit-elle, que je suis très fatiguée.

— Mon mari ne peut pas comprendre que je trouve suprêmement ennuyeuse sa conversation et celle de sa tante ! Vous êtes mon seul espoir de ne pas passer une soirée mortelle.

— Je vous en prie, excusez-moi...

— C'est ça ! Retirez-vous sur la pointe des pieds ! Fermez vos ravissantes oreilles à nos petits malentendus ! Comme tout le monde ici présent, vous refusez de regarder les choses en face. Je ne peux plus supporter cette maison ! J'en ai assez, assez, assez !

Fernando fit un pas vers elle, les poings serrés.

— Vous ne comprenez donc pas, Monica ! Susannah vous dit et vous répète qu'elle est...

— Susannah ! Vous avez dit « Susannah » ! Depuis quand l'appelez-vous par son prénom ?

Susannah sortit de la pièce. Elle ne voulait pas savoir comment Fernando allait se tirer de cette situation périlleuse.

Après avoir refermé la porte de sa chambre, elle se rendit compte qu'elle était vraiment malade. Elle poussa un gémissement et n'eut que le temps de se précipiter dans la salle de bains, en proie à des nausées effrayantes.

Quand ce fut fini, elle resta longtemps allongée sur son lit, tout habillée. Elle se sentait sans force, et elle transpirait. Enfin, elle se déshabilla péniblement, prit une douche presque froide et se lava les dents.

De retour dans sa chambre, elle laissa sa fenêtre ouverte et ne tira pas les grands rideaux. Elle éteignit la lumière et s'étendit en robe de chambre sur son lit.

Longtemps, elle écouta chanter les cigales du patio. Au-dessus du bâtiment d'en face, un halo laiteux effaçait les étoiles et annonçait la lune. Finalement, elle s'endormit.

Elle se réveilla brusquement dans la nuit, vaguement consciente d'avoir entendu du bruit. Elle scruta la pénombre, avec l'impression qu'il y avait quelqu'un dans sa chambre. Soudain, elle étouffa un cri. Ce quelqu'un venait d'apparaître dans un rayon de lune.

— Fernando ! s'écria-t-elle dans un souffle. Que faites-vous ici ?

11

Fernando s'arrêta près du lit. Il ne portait plus sa veste, ni sa ceinture, et avait retroussé les manches de sa chemise, dont le col était largement ouvert. Le désordre de sa coiffure montrait qu'il avait longtemps fourragé dans ses cheveux. Susannah eut le cœur déchiré en voyant l'expression de son visage, faiblement éclairé par la lune. Il avait l'air si las ! Et ses yeux exprimaient une angoisse poignante.

— Vous dormiez, je crois, Susannah. Je suis désolé de vous avoir réveillée.

Elle avala difficilement sa salive.

— Mais que faites-vous dans ma chambre, Fernando ?

— Je suis venu, parce que... Parce qu'il le fallait ! J'avais besoin de vous voir, de vous parler, pour ne pas devenir fou.

— Oh, Fernando ! Que s'est-il passé ?

Il s'assit au bord du lit. Il unit les mains fraîches de Susannah entre les siennes et dit d'une voix plus calme :

— Je viens d'avoir une scène violente avec Monica. Ce n'est pas la première ! Mais, cette fois, c'était à propos de vous.

— De moi !

Fernando poussa un profond soupir et embrassa le bout des doigts de Susannah.

— Je ne pouvais pas tolérer qu'elle dise du mal de vous. Pour moi, vous êtes tellement à l'écart de cette vie sordide que je mène ! Si seulement je ne l'avais pas épousée !

— Mais vous l'avez fait... et certainement parce que vous l'aimiez.

— Même pas. Si je l'avais aimée, je pourrais aujourd'hui me raccrocher à quelque chose d'honorable. Mais il me reste seulement le remords d'avoir fait d'elle ma femme. J'en suis plus responsable qu'elle.

— Que voulez-vous dire ? Je ne comprends pas.

Il ouvrit ses mains comme un livre, pour regarder celles de Susannah.

— Comment pourriez-vous comprendre ? Personne, à part Monica et moi, ne connaît vraiment toute l'histoire. Il faut que je vous dise que... j'avais un frère.

Il fit une longue pause. Les mains de Susannah s'agitèrent légèrement dans les siennes, comme pour l'encourager à poursuivre.

— Un frère ? demanda-t-elle.

— Oui. Il s'appelait Miguel. Il avait un an de plus que moi.

Susannah hocha la tête.

— Il ne me ressemblait pas. Il était... très soumis. Pas moi. J'aimais ma liberté.

Susannah se souvint de ce qu'il lui avait dit au cottage, à propos de sa détresse à la mort de sa mère, et du comportement qu'il avait eu par la suite.

— Miguel restait à la maison, avec mon père et la tante Amalia. Il ne se plaignait pas de son sort. Il était l'aîné et, comme tel, il était destiné à être un jour responsable de notre exploitation. Moi, je ne comptais pas. Je pus voyager, faire des études dans une université anglaise. Les vignobles étaient très prospères. La famille d'Alvarez était extrêmement riche.

— Et un événement est venu tout bouleverser ?

— Oui. Il y a de cela seize ans, un été très humide a provoqué une récolte quasiment nulle. Ce fut un désastre. Mais nous pouvions remonter la pente, grâce à une bonne récolte, l'année suivante. C'est ce que firent les autres viticulteurs. Mais pas nous. Il y eut une catastrophe, bien plus grave que la première.

— Une catastrophe ?

— Un parasite s'attaqua aux racines de nos vignes. Tous nos efforts pour les sauver furent vains. Il fallut arracher tous les plants. Et nous n'avions pas d'argent pour les remplacer.

Susannah dégagea une de ses mains et lui caressa les cheveux.

— Normalement, nous aurions dû vendre plus de la moitié de nos terres. Mon père était désespéré. Il était très âgé, et ne pouvait compter que sur Miguel pour sauver sa fortune. Cet été-là, mon frère s'était lié d'amitié avec une famille d'Américains, les Turner, qui passaient deux mois de vacances sur une plage, près de Xeres. Monica était leur cousine. Elle et mon frère s'attachèrent l'un à l'autre. Elle était très riche...

— Et Miguel l'a épousée...

— Non. Il s'est tué en voiture quelques mois avant la date prévue pour leur mariage.

Susannah commençait à comprendre. Miguel disparu, seul Fernando pouvait sauver le vignoble.

— J'ai fait la connaissance de Monica aux funérailles de mon frère. Nous nous sommes revus très souvent. J'avais terminé mes études et je suis resté près de mon père, qui ne se remettait pas de son chagrin. Vous imaginez mon terrible dilemme. Mon père n'avait jamais rien exigé de moi. Sa santé s'affaiblissait rapidement. Je ne pouvais pas le laisser mourir sur un tel échec. Mais je n'aimais pas Monica. D'autre part, je suppose que je l'attirais physiquement. Je l'ai épousée...

Susannah lui caressa le poignet.

— Je vous comprends, Fernando.

— Evidemment, reprit-il, ce fut un échec pitoyable. Nous n'étions absolument pas faits l'un pour l'autre. D'un commun accord, nous avons sauvegardé les apparences, par égard pour Marla. Jusqu'au moment où je vous ai connue, je me suis à peu près arrangé de cette situation. Mais à Londres...

Monica se dressa sur un coude.

— Tout à l'heure, avez-vous parlé de nous à Monica ?

— Non. Je ne voulais pas lui donner la satisfaction méprisable de savoir que je ne valais pas mieux qu'elle. Oh, Susannah ! Pourquoi êtes-vous venue ici ? Au début, j'ai pensé que vous me saviez marié ; et j'ai cru que vous vous étiez rapprochée de moi pour me narguer, me tourmenter. J'ai fait semblant de vous détester. Mais, quand vous avez rétabli la vérité, je vous ai crue. Et alors, j'ai voulu votre départ. J'avais peur qu'il n'arrivât... ce qui est en train de se passer.

La tristesse des yeux de Susannah, la courbe tendre de ses joues pâles, la douceur de ses lèvres entrouvertes réveillèrent la passion de Fernando. Il redevint l'homme de la nuit de Wendcombe. Il glissa la main sous les cheveux de Susannah et serra doucement son cou. Il se pencha sur elle et posa sa bouche sur la sienne. Susannah ferma les yeux et s'ouvrit à ce baiser avec un sourd gémissement. Elle n'avait pas la force, ni le courage, de lutter contre cette bouffée de désir qui l'envahissait.

Soudain, la lumière jaillit dans la pièce. Monica ferma tranquillement la porte derrière elle et entra dans la chambre. Elle portait la même robe jaune qu'au dîner et avait aux lèvres son éternelle cigarette.

Elle regarda Susannah qui, les yeux hagards, avait les mains crispées sur l'encolure de sa robe de chambre ; puis Fernando. Il avait bondi sur ses pieds.

— Seigneur ! dit-elle. Amalia avait raison ! Nous en sommes là ! Voilà donc pourquoi vous voliez au secours de notre chère gouvernante ! Hypocrite ! Quand je pense que vous osiez me faire des sermons moralisateurs !

— Je vais vous expliquer... commença désespérément Susannah.

Fernando lui fit signe de se taire, puis, avec un calme délibéré, sans se soucier de la fureur de sa femme, il s'avança vers elle.

— Retenez deux secondes vos sarcasmes, Monica. Je propose que nous allions nous affronter ailleurs qu'ici.

— Oh, non ! Je ne vois pas pourquoi nous épargnerions à votre maîtresse...

Fernando l'interrompit sèchement.

— Elle n'est pas ma maîtresse !

— Sans blague ? Pendant que vous y êtes, dites que je suis en train de rêver. Vous me prenez pour une idiote ?

— Ne soyez pas vulgaire, Monica.

— Comment ? Vulgaire ? J'entre ici, je trouve l'homme qui est supposé être mon mari occupé à embrasser une jolie blonde, et vous voudriez que je m'exprime comme une duchesse espagnole en visite chez son évêque ?

— Silence ! Qui vous a envoyée ici ? Ah, oui ! Vous avez parlé d'Amalia. Evidemment, il ne peut s'agir que d'elle.

— Elle est certainement plus astucieuse que vous ne le pensiez, fit froidement remarquer Monica. Alors, cette histoire dure depuis combien de temps ?

— Ce que vous venez de voir est le point culminant d'une situation que vous avez largement contribué à créer.

— Pendant que vous y êtes, dites que je vous ai poussé dans ses bras !

— Il y a à peine trois mois que nous nous connaissons.

— Il y avait donc du vrai dans ce que Lucie insinuait ?

— Comme j'ignore ce qu'elle a insinué, je ne peux pas répondre.

— Elle m'a dit que vous vous intéressiez énormément à cette jeune femme.

Fernando eut un geste d'impatience.

— Vous a-t-elle dit aussi qu'elle m'a accueilli, un jour, dans un déshabillé transparent ?

Monica laissa tomber sa cigarette sur le dallage et l'écrasa du bout du pied.

— Okay. Figurez-vous que vous n'avez pas grand-chose à m'apprendre sur ce que Lucie est capable de faire.

Elle regarda pensivement Susannah.

— C'est curieux, dit-elle. Je vous prenais pour une femme très froide. Un bloc de glace. Comme quoi les apparences peuvent être trompeuses.

Fernando se passa la main dans les cheveux.

— Je propose que nous laissions... Susannah passer en paix le reste de la nuit. Nous sommes tous fatigués. Nous risquerions de dire des choses que nous regretterions ensuite.

Monica haussa les épaules. Elle alluma une cigarette, aspira une profonde bouffée, et demanda :

— Fernando, dites-moi seulement ce qui se passe entre elle et vous ?

— Est-ce important ?

— Pour moi, certainement. Pour elle aussi, je pense. Pour vous, je me le demande.

Fernando serra les poings.

— Très bien, Monica. J'aime Susannah. Cette réponse vous suffit-elle ?

— Elle vous aime ?

Susannah s'assit brusquement sur son lit.

— Oui, je l'aime. Mais je ne savais pas qu'il était marié quand je suis venue ici.

Monica prit un air de femme du monde et fit mine de la regarder à travers un face-à-main.

— Pas possible, ma chère ! Comme c'est étrange !

— Je ne le savais pas ! répéta Susannah. Comment l'aurais-je appris ?

Monica redevint Monica.

— Dois-je comprendre que mon cher mari ne vous avait rien dit ?

Susannah, les sourcils froncés, secoua négativement la tête.

— Eh bien ! C'est du joli ! s'exclama Monica. Mais ça ne m'étonne pas de lui. Alors, qu'allez-vous faire, mon cher mari ? Epouser la jeune fille que vous avez déshonorée ?

Fernando fit un pas vers sa femme, et s'arrêta net, les mâchoires crispées.

— Sortez d'ici, Monica !

Monica lui fit une petite grimace.

— Pourquoi ? Je vous dérange ? Parlons sérieusement, sans nous fâcher. Pourquoi n'épouseriez-vous pas Susannah ? Nous pourrions alors vivre tous les trois très heureux, pour l'éternité !

Fernando la saisit par le bras.

— Faites attention ! Je pourrais vous prendre au mot. Ce serait un bon moyen de me débarrasser de vous. Et ce serait certainement très agréable.

Monica sembla intimidée. Elle dégagea son bras de l'étau que formait la main de Fernando et marcha résolument vers la porte.

— Ce n'est pas une raison pour me tordre le bras. D'accord, d'accord ! Je n'insiste pas. Je m'en vais. Je vous dispense même de m'accompagner. J'ai l'esprit large !

Elle se glissa par la porte et la referma doucement derrière elle.

Fernando poussa un grand soupir de soulagement. Susannah s'était de nouveau étendue sur le lit, pâle et toute tremblante.

— Que puis-je vous dire, Susannah. Si je vous demande pardon, j'aurai l'air de regretter d'être venu ici. Mais je suis désolé — c'est un euphémisme — pour la scène qui vient d'avoir lieu.

— Fernando...

— Non, ne dites rien. Je dois m'en aller. Qui sait, Amalia est peut-être en train de m'attendre au pied de l'escalier.

Il alla jusqu'à la porte.

— Bonne nuit, *amada*. Tout nous semblera sans doute différent quand il fera jour.

Susannah était déjà habillée quand Maria lui apporta le petit déjeuner. Après le départ de la bonne, elle se versa une tasse de café et la but en arpentant sa chambre. Elle était incapable de trouver une solution aux problèmes qui l'avaient obsédée toute la nuit. Elle était pourtant sûre d'une chose : elle allait quitter la Casa d'Alvarez le plus vite possible. Mais elle était déchirée à l'idée qu'elle ne verrait plus jamais Fernando.

Que pouvait-elle faire d'autre. Rester ? Malgré son amour pour Fernando, elle ne pouvait passer sa vie dans son ombre, consciente d'être reléguée au dernier rang, bien après sa fille, et même sa femme, qui interviendrait dans toutes les décisions importantes. Elle ne pourrait pas avoir un enfant de lui. Ce serait une humiliation constante, au nom du bonheur de Marla.

Elle ne trouva pas Marla à l'heure et à l'endroit habituels. A tout hasard, elle descendit au salon. Doña Amalia y était. Seule.

— Ah ! *Señorita* King ! dit la vieille femme avec une satisfaction évidente. Je pensais bien que vous viendriez ici. Vous cherchez Marla ?

— Exactement, *señora.*

— Marla ne prendra plus de leçons avec vous.

Elle posa à côté d'elle, sur le canapé, la broderie à laquelle elle était en train de travailler et reprit, avec une jubilation évidente :

— Marla est retournée ce matin au couvent.

— Au couvent ? Pourquoi ?

— Je pense que cela ne vous concerne pas, *señorita.* C'est mon neveu qui a pris la décision.

Susannah réussit à cacher son émotion aux yeux inquisiteurs de la vieille dame.

— Je vois, dit elle.

— Et vous savez très bien pourquoi, *señorita.*

Susannah se sentit rougir.

— Je ne sais pas ce que vous voulez dire, *señora.*

— Je pense, moi, que vous le savez. Je vous le préciserai quand même. Après ce qui s'est passé cette nuit, il est impossible que vous restiez ici.

Que savait-elle au juste ? se demanda Susannah. Fernando ne lui avait certainement pas donné de détails ; et il était évident que Monica n'avait pas fait de confidences à son ennemie jurée. Mais, à force de recouper les petits détails que son regard fouineur avait pu observer, la *Señora* d'Alvarez était certainement parvenue à une certitude.

— C'est justement pour cette raison, *señora,* réussit à dire Susannah, que je voulais voir Marla. J'allais lui annoncer mon départ.

Amalia d'Alvarez ne cacha pas sa joie.

— Parfait ! Parfait ! Comme son père l'a certainement mise au courant de sa décision, tout est donc réglé.

— Don Fernando est-il dans son bureau, *señora ?*

— Non. Il est absent pour toute la journée.

— Alors, puis-je voir la *Señora* Monica d'Alvarez.

— J'ignore où elle peut être ! fit sèchement la vieille dame. Pourquoi désirez-vous voir mon neveu ou sa femme ?

— Je suis leur employée et je tiens à leur présenter ma démission.

— Si ce n'est que cela, *señorita,* je me chargerai de la commission.

Susannah entendit un léger bruit du côté de la porte. Elle se retourna et vit Monica.

— Eh bien ! Eh bien ! dit l'Américaine d'un air moqueur. Que se passe-t-il ? Où est donc Marla ? Elle n'a pas de leçons, aujourd'hui ?

— J'avais un entretien confidentiel avec la *Señorita* King, Monica, dit Amalia d'un air furieux. J'aimerais le terminer hors de votre présence.

Monica feignit de l'ignorer et saisit Susannah par le bras.

— Eh bien ! Où est Marla ?

Susannah poussa un soupir.

— Je viens d'apprendre qu'elle était retournée au couvent.

Monica se mit une cigarette entre les lèvres.

— Vraiment ! Qui a décidé ça ?

Doña Amalia se leva.

— Monica, je vous en prie !

— Oui ! Je veux savoir qui a pris l'initiative de renvoyer Marla au couvent. Est-ce Fernando ?

— Bien sûr, c'est lui ! affirma froidement Amalia d'Alvarez. Et la *Señorita* King s'en va. C'est elle qui l'a décidé, et non pas moi.

Monica regarda Susannah avec stupéfaction.

— Vous partez ? Vous ne pouvez pas faire ça !

Susannah n'en revenait pas. Comment Monica pouvait-elle vouloir la voir rester, après la scène qui avait eu lieu pendant la nuit ?

— Pourtant, il le faut, dit-elle.

— Non ! Ce n'est pas possible.

— Laissez la *señorita* tranquille ! intervint Doña Amalia. Elle n'a plus rien à faire ici.

— Je ne suis pas du tout d'accord. Miss King est amoureuse de votre neveu. Vous le savez, n'est-ce pas ?

Doña Amalia se croisa les mains sur la poitrine et prit un air pincé.

— Je refuse catégoriquement de discuter de choses pareilles !

— Pourquoi ? Et si je vous disais que Fernando est amoureux d'elle ?

— Monica !

Le visage de Doña d'Alvarez était livide.

— C'est la vérité.

Monica prit son briquet dans la poche de son pantalon, alluma sa cigarette et s'assit dans un fauteuil, une jambe négligemment pliée sur un accoudoir. Elle s'écria, en levant les yeux au ciel :

— Il n'y a pas de justice ! Quand je pense que je commençais à entrevoir une petite chance...

— Allons, laissez-nous ! insista Amalia d'Alvarez. Vous savez très bien que la *Señorita* King ne peut pas rester ici. Retirez-vous !

— Bien sûr ! Ça vous arrangerait, n'est-ce pas ? Cacher les faits à tout prix ! Que rien ne vienne souiller l'image immaculée de la famille d'Alvarez !

— Monica, je vous en supplie...

— Vous ! Amalia ! Vous me suppliez ! Comme si les

ponts n'étaient pas coupés entre nous depuis des années... depuis que vous avez découvert la vérité sur Max...

— Mon Dieu ! Je vais m'évanouir !

Doña d'Alvarez vacilla sur ses jambes, et Susannah pensa que la vieille dame allait s'écrouler. Elle se précipita et aida Amalia à s'asseoir sur le canapé.

— Puis-je faire quelque chose pour vous, *señora ?* Voulez-vous boire un cordial ?

Doña d'Alvarez s'éventa avec son mouchoir.

— Un peu... d'eau... minérale... dit-elle d'une voix mourante.

Monica avait observé la scène d'un air goguenard. Elle se leva brusquement.

— Laissez-la, Susannah ! Vous ne voyez donc pas qu'elle joue la comédie ? Elle a tout simplement peur que vous appreniez le grand, l'inavouable secret de la famille.

— C'est peut-être, effectivement, un secret que je dois ignorer.

Monica eut un sourire en coin.

— Vous croyez ? Même si je vous disais qu'en raison de ce secret, il n'y a aucune raison pour que vous n'épousiez pas Fernando ?

12

Susannah, comme chaque jour, promenait Janet dans le parc. Il faisait un temps d'été, mais les arbres commençaient déjà à prendre leurs teintes d'automne. Soudain, la petite fille aperçut les canards et les cygnes et tendit les bras avec enthousiasme vers la mare, en babillant des choses incompréhensibles. Susannah arrêta la poussette et l'orienta pour que l'enfant ne perdît rien du spectacle. Puis elle s'assit sur un banc, le menton dans les mains.

Il y avait presque deux mois qu'elle avait quitté l'Espagne ; deux mois depuis cette matinée épouvantable où Monica lui avait confié le grand secret de la famille d'Alvarez. Elle était partie le soir même, sans revoir Fernando, ni Marla.

Ses jours et ses nuits, au début, avaient été hantés par tout ce que lui avait appris Monica. Ensuite, petit à petit, avec le recul, elle accorda des circonstances atténuantes à Fernando pour toutes les épreuves qu'elle avait traversées. Finalement, quelques jours plus tôt, un poste avait été vacant à l'école où enseignait Peter Tullett, le mari de Margaret. Et elle l'avait accepté le matin même, encouragée par l'insistance de ses deux amis. Ils lui avaient dit qu'elle pourrait continuer de vivre chez eux aussi longtemps qu'elle le voudrait.

Ils avaient été vraiment merveilleux. Ils ne l'avaient pas importunée avec des questions gênantes ; mais un beau jour, d'elle-même, elle leur avait raconté toute l'histoire.

A Alvaridad, deux mois plus tôt, Monica avait révélé brutalement à Susannah tous les faits inconnus de son mariage avec Fernando. La situation n'était pas tellement rare, mais apte à ternir à tout jamais le blason de la famille d'Alvarez : Monica était bigame ! Quand elle avait épousé Fernando, elle croyait son premier mari mort ; mais celui-ci avait fait sa réapparition trois ans plus tard.

Dans la même position, un autre homme que Fernando se serait empressé de faire annuler son mariage, trop heureux de se débarrasser d'une femme qu'il n'aimait pas. Fernando, lui, avait maintenu le mariage. Pour sa fille, Marla. Pour lui éviter l'humiliation et la douleur de ne pas avoir une famille normale.

Voici ce qu'avait raconté Monica à Susannah : elle n'avait que dix-sept ans quand elle épousa, à New York, un jeune peintre d'origine polonaise. C'était aux premiers jours de la guerre. Peu après leur mariage, son mari, qui était Juif, s'inquiéta pour sa famille. Malgré les supplications de Monica, il partit pour la Pologne. Pendant près de vingt ans, elle n'entendit plus jamais parler de lui. Elle le croyait mort, sans doute dans un camp de concentration nazi. En fait, il avait été interné, mais il en était sorti vivant, sans famille, sans maison, sans argent.

Quand finalement ses économies lui permirent de rentrer aux Etats-Unis, il apprit que sa femme était mariée en Espagne. Cet homme, évidemment, était Max Rosenberg.

Les révélations de Monica avaient expliqué, aux yeux de Susannah, le comportement étrange de Fernando, pendant la nuit précédente : il n'avait pas voulu qu'elle sût la vérité. Il se sacrifiait à sa famille, acceptait de continuer de vivre dans le mensonge.

Janet avait cessé de s'intéresser aux canards et aux cygnes et commençait à s'énerver. Susannah se leva de son banc et se remit en marche avec la poussette.

Quand elle arriva chez les Tullett, Margaret se précipita vers elle dans le hall. Elle était dans tous ses états.

— Oh, Susannah ! Comme je suis contente que tu sois là !

— Pourquoi, que se passe-t-il ?

Elle défit la sangle de la poussette, souleva Janet et la mit dans les bras de son amie, en disant :

— Tiens, prends ta fille. Elle a été adorable. Si tu l'avais vue devant les canards et les...

— Susannah... je te jure que c'est important ! s'écria Margaret en prenant dans ses bras la petite. Tu as une visite.

— Moi ? Qui ça peut-il bien être ?

— Ton Fernando, je crois.

Susannah, interdite, la regarda dans les yeux.

— Si c'est une plaisanterie, je t'assure qu'elle n'est pas drôle !

— Un certain *Señor* d'Alvarez. C'est ça ?

Susannah était soudain très pâle.

— Tu ne vas tout de même pas t'évanouir ! dit son amie. Dis donc... je te félicite. Il est très beau, ton Fernando !

— Où est-il ?

— Il fait les cent pas dans le living. Il a dû faire un trou dans ma moquette !

— Que veut-il ?

— Il veut vous voir, Susannah, fit une voix grave.

Fernando venait d'apparaître dans le hall.

— Bon ! Je vous laisse, dit Margaret. Je vais faire goûter Janet dans la cuisine.

Susannah enleva sa veste bleu marine, l'accrocha à une patère et suivit Fernando dans le living. Il lui fit signe de s'asseoir, mais elle resta debout.

— Pourquoi êtes-vous ici, Fernando ? Si vous avez l'intention d'enchaîner, comme s'il ne s'était rien passé...

Fernando avait les traits tirés. Susannah eut même l'impression qu'il avait maigri.

— Vous avez le droit d'être amère, Susannah, dit-il. Mais il faut que vous m'écoutiez.

— Je ne vois pas ce que nous aurions à nous dire. En ce qui me concerne, tout est fini.

— Susannah ! Ecoutez-moi ! J'ai mis près de deux mois à vous retrouver, et vous vous boucheriez les oreilles ?

— Votre... femme m'a tout expliqué très clairement. Il n'y a rien à ajouter.

— Je sais. Mais, après tout ce qu'il y a eu entre vous et moi...

— Des mensonges, rien que des mensonges !

Fernando serra les poings.

— Susannah ! Comment aurais-je pu vous dire la vérité ? Pendant des années, j'ai vécu selon un certain code et j'ai exigé que Monica le respecte. Comment aurais-je pu l'enfreindre ? Pour Marla, je devais me taire.

Susannah baissa la tête.

— Pourquoi êtes-vous ici ? Nous perdons notre temps.

Fernando secoua la tête.

— Vous ne voulez pas retourner en Espagne ?

Elle le regarda, interloquée.

— En Espagne ? Pour vivre à la Casa d'Alvarez, où je serais votre maîtresse !

Il l'empoigna solidement par les épaules.

— Je vous interdis de dire ça ! Jamais je n'ai insinué une chose pareille !

— Mais enfin, Fernando, dites-moi pourquoi vous êtes ici ?

— Laissez-moi vous expliquer. Monica est partie. Je l'ai autorisée à rejoindre son mari. Et Amalia est morte, Susannah. Le lendemain de votre départ.

— Mon Dieu ! Je suis désolée...

— Moi aussi. Elle avait bien des défauts. Mais je ne pouvais pas, et je ne peux pas oublier qu'elle a sacrifié toute sa vie pour son frère et sa famille.

— Je ne me suis pas rendu compte qu'elle était malade...

— Elle n'était pas vraiment malade. Mais elle était très faible. C'est pour cela qu'elle passait ses journées à coudre et à broder ; et qu'elle appréciait la compagnie de Marla.

— Vous voulez dire que mes promenades avec Marla...

— Non. Ces sorties ne l'ont pas bouleversée à ce point. Je pense que, finalement, c'est le comportement de Monica... Il y a eu une scène terrible, le lendemain de votre départ. J'étais dans les vignes ; et je suis arrivé trop tard pour apaiser Monica et Amalia. Marla était présente.

— Marla !

— Oui, Monica lui a tout dit, devant ma tante. Ce fut, pour la pauvre femme, un coup terrible !

— Et pour Marla ?

— Elle était déjà au courant. Elle a dû surprendre des communications téléphoniques entre Monica et Max Rosenberg. Vous savez qu'elle est très intelligente. Elle avait compris que, s'ils étaient mariés, Monica et moi ne pouvions pas l'être.

— Alors, Monica ?...

— Elle est partie le lendemain des funérailles ; certainement honteuse du résultat de ses éclats. Mais je suis sûr qu'elle vivra heureuse avec Rosenberg.

Susannah n'osait pas envisager ce que tout cela pouvait signifier pour elle.

— Pourquoi avez-vous essayé de me revoir ?

Il l'attira par les épaules tout contre lui.

— Question inutile, *amada*. Vous le savez. Je veux vous épouser dès que tout sera arrangé légalement. L'affaire est en bonne voie. Monica et Rosenberg s'en sont occupés à New York. Ce n'est plus qu'une question de deux ou trois semaines.

Susannah n'en croyait pas ses oreilles. Tout à l'heure, pendant sa promenade avec Janet, elle n'avait pas le moindre espoir. Et maintenant...

Fernando embrassa tendrement ses paupières, ses joues, ses lèvres. Puis :

— Susannah, dit-il. Promettez-moi d'oublier le passé. M'aimez-vous ? Acceptez-vous de m'épouser ?

Elle se blottit contre lui.

— Je vous aime, Fernando. Vous savez que je vous aime ! Et si vous voulez de moi, je vous épouserai quand vous voudrez.

Ils s'embrassèrent encore. Il semblait à Susannah que Fernando ne desserrerait jamais son étreinte. Comme s'il avait peur de la perdre. Bouleversée, elle sentait la force de son désir.

Brusquement, il s'éloigna d'elle. Susannah sourit quand elle le vit fouiller dans sa poche... Il sortit son éternel paquet de cigarillos et en mit un entre ses dents.

— Comment m'avez-vous trouvée ? demanda-t-elle.

— J'ai d'abord interrogé en vain les Castana. Puis, j'ai mis en branle des agences de détectives privés. J'ai attendu longtemps leur réponse. Rien non plus de ce côté. C'est là que j'ai eu un éclair de génie ! Vous m'aviez dit que vous aviez passé votre enfance dans un orphelinat du Yorkshire...

— Il y en a beaucoup !

Il éclata de rire.

— Je m'en suis rendu compte ! Une bonne quinzaine d'entre eux ont consulté pour moi leurs archives. Pas de Susannah King ! Enfin, je suis tombé sur le bon. J'ai fait la connaissance d'une vieille dame qui se souvenait très bien de vous. Elle s'appelle Samson, je crois.

— Simpson ! Oh oui ! Je l'aimais beaucoup !

— Elle n'avait pas votre adresse, mais elle savait que vous étiez restée en contact avec une autre de ses élèves...

— Margaret !

— Oui. Et elle a retrouvé le faire-part que lui avait envoyé votre amie à l'occasion de son mariage. C'est ainsi que j'ai connu l'adresse des parents du mari, un certain Peter Tullett. Hier matin, j'étais encore dans le

Yorkshire. Ce matin, j'ai vu le papa de Peter. Et me voilà !

— C'est formidable. Au fond, c'est grâce à Margaret que nous nous sommes retrouvés.

— Appelez-la, Susannah. Nous allons lui apprendre la grande nouvelle.

Le visage de Susannah, soudain, se rembrunit.

— Et Marla ?

— Quoi donc, Marla ?

— Elle m'en voudra... Je serai sa belle-mère, et...

— Marla vous aime beaucoup. Elle s'était déjà étroitement attachée à vous.

Fernando ajouta, d'un air grave :

— Elle sera votre fille, Susannah ;

Susannah le regarda en souriant.

— Et, en même temps, ma petite sœur. Nous n'avons que dix ans d'écart... A propos de Marla, où ira-t-elle en classe ?

— Sans doute à Cadix...

Susannah porta brusquement sa main à sa bouche.

— Mon Dieu !

— Qu'y a-t-il Susannah. Vous me faites peur !

— J'ai accepté un poste d'enseignement, ce matin.

— Et alors ?

— Je démissionnerai demain !

SI VOUS N'AVEZ PAS COMPRIS...

Amada = Chérie.
A su disposicion = A votre disposition.
Basta ! = Ça suffit !
Buenos días = Bonjour.
Buenas tardes = Bonsoir.
Casa = Maison.
Chofer = Chauffeur.
Cortijo = Ferme, groupe de fermes.
Cristo ! = Jésus !
El diablo = Le diable.
Entrar = Entrer.
Estudio = Bureau.
Gracias = Merci.
Madre de Dios ! = Sainte mère de Dieu !
Madre Mia = Sainte mère !
Mi guapa idiota = Ma ravissante idiote.
No importa = Aucune importance.
Niña = Petite fille.
No haga un scandalo = Ne faites pas de scandale.
Pequeña = Petite.
Por Dios = Grand Dieu.
Sagrada Maria = Sainte Marie.
Señor, Señora, Señorita = Monsieur, Madame, Mademoiselle.
Si = Oui.
Tía = Tante.

VOUS SOUVENEZ-VOUS ?

En avril 1978, paraissaient les 4 premiers romans de la Collection Harlequin... *Complainte Sicilienne* par Violet Winspear, *L'Homme sans merci* par Anne Hampson, *Chimères en Sierra Leone* par Kay Thorpe et *Dans l'antre du Fauve* par Anne Mather.

Mais oui, la Collection Harlequin va célébrer son deuxième anniversaire !

Si vous possédez les tout premiers numéros de la Collection Harlequin, si vous êtes une de nos lectrices les plus fidèles, alors, ne manquez surtout pas les livres du mois prochain.

Vous y découvrirez comment fêter avec nous les deux ans de la Collection Harlequin.

HARLEQUIN, votre monde d'évasion.

Service Lectrices

Étude du SCORPION

par Madame HARLEQUIN

(23 octobre-21 novembre)

Signe d'Eau
Maître planétaire : Mars
Pierres : Malachite, Grenat
Couleurs : Rouge vif, Marron
Métal : Fer

Traits dominants :

Volontaire, acharné, autoritaire
Sens de l'observation, solide réalisme
Travailleur infatigable, ambitieux

SCORPION

(23 octobre-21 novembre)

Le tempérament de Susannah est dominé par le signe du mystérieux Scorpion. A l'image de ce fascinant animal, elle agit avec résolution et persévérance, sans craindre les changements qui bouleversent son existence.

Elle doit se battre contre une fatalité sans espoir, mais une étrange fièvre semble la dévorer et la soutenir dans sa lutte.

Grâce à cette intuition que possèdent les natifs de ce signe, elle finira par trouver la clé du cœur de l'énigmatique Don Fernando.

DU MÊME AUTEUR
DANS LA MÊME COLLECTION

4) *Dans l'antre du fauve.*
13) *Roses blanches de décembre.*
20) *Pour l'amour d'un gitan.*
22) *Le cœur en cendres.*
26) *Un cœur sans refuge.*
30) *Le maître des montagnes.*
35) *Mon mari, cet étranger.*
39) *Les griffes du tigre.*
66) *La rose des Médicis.*
79) *Le châtelain des montagnes.*
96) *Adam, mon frère.*
109) *Pour toi, Sara.*

ET BIENTÔT DANS LA COLLECTION HARLEQUIN

Pour trois filles et sept garçons, Margaret Rome.

Une enfant gâtée peut tout s'offrir. Même l'homme qui lui plaît... Même en le prenant au piège... Tammy, sans le savoir, marche ainsi sur les traces d'une lointaine aïeule écossaise qu'un Anglais avait préférée à la mort par pendaison.

Le Lion de Saracina, Sara Craven.

Un impénétrable mystère entoure l'île sur laquelle règne en maître le Lion de Saracina. Nul n'a le droit, sans son autorisation, de poser le pied sur cette terre bien gardée. Joanna va pourtant oser...

Noël en plein été, Robyn Donald.

En Nouvelle-Zélande, il fait bon vivre, et Janet profite pleinement des merveilles de sa terre d'adoption. Mais une ombre plane sur son bonheur : à côté de sa jolie sœur Penny, elle se trouve terne et insignifiante...

Un bonheur au goût de cendre, Jan McLean.

Kate a d'abord aimé Alan comme une enfant aime un grand frère protecteur et complaisant. Elle est femme, à présent, et s'est donnée à lui tout entière, sans réserve. Mais le connaît-elle vraiment, ce nouvel Alan, soudain revenu après quatre ans d'absence ?

Citadelle en péril, Charlotte Lamb.

Même avant de rencontrer Matt Hume, Laurie avait fermement décidé de s'armer contre l'amour, de ne jamais laisser menacer la « citadelle » qui protège son corps et son cœur des assauts pourtant nombreux de la gent masculine...

Ce teint de cuivre chaud, Janet Dailey.

Dans l'Etat du Maine, on appelle les plaisanciers des « cuivrés », à cause du teint de cuivre chaud qu'ils ont tous en rentrant au port, baignés de soleil et de l'odeur du vent salé de l'océan. Rémi Owens n'échappe pas à la règle, et Gina tombe inévitablement amoureuse de ce dieu des mers.

ET BIENTÔT, DANS LA SÉRIE CLUB

Un hiver en enfer, Carole Mortimer.

Trop naïve, Leigh qui accepte de partir pour un week-end, en tout bien tout honneur, avec son soupirant Gavin. Sauvée in extremis par l'arrivée du père du jeune garçon, célèbre pilote de course, elle déteste immédiatement cet homme hautain et sûr de lui...

Envers et contre toi, Lilian Peake.

La perspective d'un voyage en Norvège enchante Noëlle. Aussi s'empresse-t-elle d'accepter l'emploi que lui propose Per Arneson dans son luxueux hôtel de Vulavik. Tout irait pour le mieux, si Per ne s'acharnait contre elle...

Sur un air de fandango, Violet Winspear.

Après la mort accidentelle de David, son fiancé, Lyne Gilmore essaie d'oublier... Un dépaysement n'est-il pas le meilleur remède contre les chagrins d'amour ? La jeune fille accepte donc une place de gouvernante en Californie.

Sous le ciel étoilé d'Afrique, Anne Hampson.

Jon et sa sœur Teri s'expatrient en Afrique du Sud pour oublier le chagrin qui leur crève le cœur. Ils ne ménagent pas leur peine... mais une ombre surgie du passé vient menacer le bonheur naissant.

Parviendra-t-elle à détruire cette harmonie ?

Tout peut recommencer, Anne Mather.

A Grüssmatte, où il est parti skier, Alexis, playboy londonien, rencontre Karen qu'il a le sentiment de déjà connaître. En fait, elle l'a passionnément aimé. Mais Alex est un séducteur... Sa légèreté serait-elle une défense ?

LA MAGIE DES WARRENDER

Un amour sans regard, Mary Burchell.

Recalée à un examen par son idole Lewis Freemont, Antonia, amère, renonce à toute carrière musicale. Mais quand le célèbre pianiste perd la vue à la suite d'un accident dont elle se sent responsable, elle se consacre à lui, cœur et âme.

CE MOIS-CI, DANS SÉRIE CLUB

L'été des tournesols	Violet Winspear
Deux cabanons sur une plage	Lilian Peake
Le double visage du destin	Kay Thorpe
Pour tout l'or du désert	Anne Mather
Quiproquo à Saramanca	Mary Wibberley
L'ange à l'aile brisée	Mary Burchell

Achevé d'imprimer en février 1980
sur les presses de l'Imprimerie Bussière
à Saint-Amand (Cher)

— N° d'imprimeur : 2174 —
— N° d'éditeur : 130 —
Dépôt légal : 1er trimestre 1980.

Imprimé en France